무조건 모르는 척하세요

문 화 류 씨
공포 괴담집
현대 귀신 편

무조건 모르는 척하세요

문화류씨 지음

요다

차례

믿을 수 없는 이야기

1

어린 시절, 부모님의 이혼으로 엄마와 외갓집에 들어가 살게 되었다. 아무것도 없는 시골에서 살기 싫다고 말은 했지만, 본심은 아니었다.

엄마는 집안에서 반대하는 결혼을 했고, 그렇게 외할아버지와 연을 끊었다. 그래서 외할아버지가 나를 싫어하진 않을까, 매일 야단을 치진 않을까, 두렵고 무서웠다. 난 아버지의 자식이기도 하니까.

당시 엄마가 외갓집에 가지 않은 지도 9년이 지난 상태였다. 그럼에도 불구하고 외할아버지의 화는 백두산처럼 아직 식지 않으신 것 같았다. 이모만이 엄마에게 매일 전화를 할 뿐이었다.

부산에서 기차를 타고 대전에서 내린 뒤, 다시 시외버스를 타고 엄마의 고향으로 향했다. 매일 바다만 보던 나에게 드넓게 펼쳐진 논은 낯설면서도 계속 보게 되는 풍경이었다. 텔레비전 시대극에서나 보던 옛날 시골집들 사이로 구멍가게 하나가 전부인 마을이었다.

외갓집 대문 안으로 들어가기 전까지, 엄마는 계속해서 당부했다. 인사를 잘 해야 한다, 예의 바르게 행동해야 한다, 잘 씻어라, 먹을 때 떨어트리지 말아라…. 평소에 하던 잔소리의 열 배를 늘어놓았다. 자식마저 잘못 키웠다는 소리는 듣기 싫었던 모양이다. 지금 와서 생각해보면 엄마도 많이 긴장하셨던 것 같다. 외할아버지를 만나면 어떤 말부터 꺼내야 할지 고민도 됐을 것이다.

엄마는 대문 앞에서 심호흡을 크게 했다. 문고리를 잡고 들어가야 할지 말아야 할지 망설였다. 그러던 중 문이 벌컥하고 열렸다. 외할머니였다. 예상과는 다르게 잘 왔다며 우리를 반갑게 맞아주셨다.

"여기까지 오느라 고생했어야. 아가도 잘 왔어. 식사는 했는 겨?"

처음 보는 외손자였지만, 집 안으로 걸어 들어가는 내내 안고, 얼굴을 비비고 귀여워해주셨다.

얼마 살지는 않았지만, 긴장 속에서 유년 시절을 보냈던 터라, 알 수 없는 따뜻함에 마음이 녹아내렸다. 하지만 엄마는 외할아버지를 만날 생각에 표정이 잔뜩 상기되어 있었다. 때마침 외할아버지가 마당으로 나오고 계셨다.

"누가 왔는 겨?"

외할아버지와 엄마는 서로를 보자 놀랐는지, 한동안 말이 없었다. 어린 내 눈에는, 외할아버지가 더욱 당황한 듯 보였지만 먼저 입을 떼셨다.

"와… 왔냐, 어서 들어가서 한 끼 혀."

그러곤 나를 물끄러미 보더니 대문 밖으로 나가셨다. 할아버지를 보니 겁이 나 엄마 손을 잡았다. 엄마도 많이 긴장했는지 손에 땀이 흥건했다. 외할머니는 괜찮다며 어서 들어가자고 했다. 시골 밥상이라 그런지 내 입맛에는 맞지 않았다. 며칠 동안 불안함에 떨어서 그랬는지 아무 생각도 없었다. 피곤했고, 자고 싶었다.

식사를 하는 내내 엄마는 아무 말도 하지 않았다. 할머니도 아무것도 묻지 않았다. 나에게만 이름은 무엇이고, 몇 살이며, 어떤 음식을 좋아하는지 물었다. 그러면서 손수 생선 가시를 발라 밥에 얹어주셨다.

갑자기 방문이 열렸다. 외할아버지였다. 과자며, 음료수며, 아이스크림을 한가득 사 와서 내게 내미셨다.

"아가, 밥 천천히 먹고 간식 먹어잉? 다 니 거여."

무서울 줄만 알았던 외할아버지가 따뜻한 미소로 나를 바라봤다. 그날 이후로 할아버지는 항상 나를 데리고 다니셨다. 우리 손자라고, 잘생겼다고 온 마을에 자랑하고 다녔다. 할아버지 자전거 뒤에 타고 마을을 누비며 농촌의 정겨

움을 구경했다. 우리는 어느덧 허물없이 지내는 친구 같은 사이가 되어 있었다.

매일이 즐거웠다. 칠갑산에서 또래 친구들과 놀다 달달한 아이스크림을 먹으며 풍경을 보면 기분이 좋아졌다. 아무것도 모르는 꼬마들이 의미도 모르고 콩밭 매는 아낙네를 그렇게 찾았다. 할아버지는 그걸 보면서 헛웃음을 지으셨다.

"푸하하하… 쬐그만 녀석들이 말이여, 뜻은 알고 부르는 겨?"

그날도 할아버지의 자전거를 타고 집으로 갔다. 할아버지는 길이 험하니 허리를 꽉 잡으라고 하셨다. 그날따라 너무 격하게 놀았나 보다. 잠이 왔다. 정신을 차리려고 안간힘을 썼지만, 손에 힘이 풀리면서 눈이 감겼다.

2

눈을 떴을 때, 기분이 이상했다. 몸이 무거운지, 가벼운지 모를 정도로 부자연스러웠다. 할아버지, 할머니, 엄마, 이모, 삼촌이 울고 있었다. 옆에는 의사선생님이 고개를 푹 숙이고 있었다. 놀랍게도 내가 방에 누워 눈을 감고 있었다. 엄마는 제발 좀 일어나보라며 오열했다. 나는 여기 있는데 누워 있는 나에게 그렇게 말하니까, 무섭고 슬펐다. 그런데 갑자기 할아버지가 허공을 두리번거리면서 소리를 질렀다.

"아가, 유현아. 할아버지 말 들리는 겨? 할아버지는 유현이가 안 보여. 지금부터 할아버지가 하는 말 잘 들어."

나는 할아버지를 보며, 나 여기 있다고 울며불며 소리쳤다. 하지만 할아버지는 듣지 못하는 듯했다.

"유현아, 지금부터 할아버지를 따라가야 혀. 그런데 말이여, 할아버지 뒤만 쫓아와야 혀. 누가 말을 걸어도 말이여, 절대, 절대 대답하거나, 따라가면 안 되는 거여."

그게 무슨 소리인지 이해하기도 전에, 할아버지가 집 밖으로 뛰쳐나갔다. 가족들 모두가 어디를 가느냐고 물었지만 대답하지 않고 냅다 뛰었다. 나는 할아버지를 쫓아갔다. 힘들지 않았다. 할아버지 말대로 이상한 사람들이 나에게 말을 걸어왔다.

"꼬마야, 어디 가는 거야? 누나랑 저기서 놀자."

긴 머리를 풀어 헤친 처녀 귀신처럼 보였다. 무서운 마음에 뛰는 것을 멈출 뻔했지만, 할아버지가 또 고래고래 소리를 쳤다.

"유현아, 절대 대답하면 안 되는 거여. 꼭 할아버지 뒤만 쫓아오는 것이여, 알겠제?"

너무 무섭고 두려웠지만 할아버지 뒤만 따라갔다. 얼굴이 없는 사람, 피를 흘리는 사람, 온몸이 까맣게 탄 사람…. 평소에 볼 수 없던 사람들뿐이었다. 눈물을 펑펑 쏟으며 달렸다. 할아버지는 마을 산자락에 오르며 누군가를 급히 찾았다.

"이보시게, 이보시게들! 나 종태여, 종태. 어서 나와서 나 좀 도와주시오, 제발…."

캄캄한 밤에 할아버지는 계속해서 소리를 쳤다. 할아버

지가 이상해진 건 아닐까, 걱정스러웠다. 그런데 아까부터 할아버지를 쫓아다니던 이상한 사람들이 더욱 가까이 왔다. 머리를 풀어 헤친, 무서운 표정의 여자들이었다. 캄캄한 밤에도 모습이 선명한 걸 보니, 필히 귀신이었다. 그들이 할아버지에게 가까이 가 날카로운 손톱을 드러내는 순간, 할아버지에게 도망치라고 소리쳤다. 할아버지가 들을 리 없었다.

그런데 갑자기 귀신들에게 벼락이 내렸다. 그것을 보자 겁을 먹었는지, 입에 담지도 못할 욕을 하며 귀신들이 사라졌다. 어둠 속에서 뭔가가 빠르게 튀어나왔다. 사람처럼 보였으나, 그 모습이 괴이했다. 내 또래의 아이도 있었고 엄청나게 덩치가 큰 어른도 있었다. 나보다 어려 보이는 녀석이 할아버지에게 손을 흔들었다.

"여어, 종태 왔는가?"

할아버지는 다급하게 아이의 손을 잡았다.

"이보시게, 도 선생. 나 좀 도와주시게. 우리 손자 좀 살려 줘, 제발…."

아이는 두리번거리다 나와 눈이 마주쳤다.

"저 아이 말이여?"

할아버지는 불행 중 다행이란 듯 기뻐했다.

"정말 왔구나, 유현아 정말 잘했다. 그려, 제발 우리 유현이 좀 살려줘."

아이는 나를 뚫어지게 쳐다봤다. 그러고는 안 좋은 표정으로 고개를 절레절레 흔들었다.

"이보게, 종태. 이미 죽은 아이 아닌가? 본래 수명보다도 오래 살았구먼? 저 아이는…."

"그만허게. 그건 됐고…. 자네들은 죽은 이도 살린다고 했잖여. 제발 우리 유현이 좀 살려줘."

아이는 미안한 표정으로 머리를 긁적이더니 손가락으로 나를 가리키며 와보라고 했다. 겁을 잔뜩 먹은 나는 조심조심 그들 앞으로 갔다. 그런 마음이 통했는지 할아버지는 보이지도 않는 나에게 따뜻하게 상황을 설명했다.

"유현아, 겁먹지 말어. 이분들은 유현이를 살려주실 돗가비님들이여."

못된 무당이 쳐놓은 덫에 걸린 도깨비들을 외할아버지가 구해주면서 친구처럼 지내게 되었다고 했다. 도깨비들은 할아버지가 다른 인간들과 다르게 부자가 되게 해달라느니, 예쁜 마누라를 달라느니 하는 소원을 빌지 않아서 마음에 들었다고 했다. 아무런 욕심 없이, 때론 메밀묵과 막걸리를 사 들고 말동무나 하고 세상 사는 이야기나 하자며 찾아왔기에 도깨비들도 할아버지를 매우 좋아했다. 하지만 죽은 손자를 살려달라는 부탁은 도깨비들을 난감하게 했다.

3

아이는 도깨비 무리의 두목이었다. 두목은 나를 빤히 쳐다보더니 한숨을 쉬었다.

"불쌍한 것…."

그러고는 내가 보이지 않는 곳으로 할아버지를 데려가 한참을 이야기했다. 그것이 무슨 이야기인지는 당시까지만 해도 몰랐다. 할아버지는 뭐가 좋아서 그렇게 웃어댔는지 모르겠지만, 연신 고개를 끄덕였다.

잠시 후, 도깨비들과 할아버지가 한자리에 모였다. 두목이 허공에 대고 누군가를 불렀다.

"이보시게, 자네들이 찾는 아이가 여기 있다네. 여기여, 여기."

두목의 말을 듣고 갓을 쓴 사내들이 순식간에 나타났다. 보랏빛 얼굴에 찢어진 눈매, 텔레비전에서 본 저승사자가 틀림없었다. 그들의 얼굴을 보고 있자니, 오들오들 다리가 떨려왔다. 저승사자는 장부를 확인하더니, 나의 팔을 덥석 잡았다. 그러나 이번에는 두목이 저승사자의 손목을 잡으며, 깔깔 웃어댔다.

"왜 이렇게 성격이 급허대? 손 좀 놔봐유. 어서!"

그럴 수 없다는 듯 저승사자는 나를 데려가려고 팔을 강하게 잡아당겼다. 할아버지도 불안함을 느꼈는지, 보이지도 않는 나를 찾으며 내 이름을 수차례 불렀다. 무서워서 울음이 났다. 도깨비 두목의 표정이 살벌하게 변했다. 두목이 저승사자의 손목을 강하게 잡자, 그가 앓는 소리를 냈다.

"알았어요, 알았어. 이것 좀 놓고 말씀하시죠."

두목은 다시 아이처럼 해맑게 눈웃음을 지었다. 저승사자는 욱신거리는 듯 자신의 손목을 부여잡았다.

"자, 우리 협상을 하지."

두목은 저승사자에게 단도직입적으로 말했다.

"이 아이 말이여, 데려가지 말어. 내가 저승 것들 하는 거 보니까 말이여, 잡아가라는 새끼들은 안 잡아가고 꼭 힘없고 가여운 사람만 데려가더라고. 이 아이가 뭘 그렇게 잘못한 겨? 꼭 데려가야 하는 겨?"

저승사자들은 난감한 표정을 지었다.

"어쩔 수 없지 않습니까, 어르신. 하늘의 규율대로 하는 것인데, 어찌 저희에게만 그러십니까?"

도깨비 두목은 저승사자들에게 거칠게 욕을 뱉었다.

"내가 모를 줄 알어? 이런 버러지 같은 저승사자들이 말이야. 너희들 돈 좀 있는 인간들에게 제삿밥이니, 무당굿이니 이런 거 받아먹고 수명 늘려준 적 있지? 없다고 말하면 당장 염라대왕이니, 옥황상제니 찾아갈 겨. 규율은 개뿔…."

저승사자 둘은 난처한 듯 이리지도 저러지도 못했다. 하지만 그중 하나가 고개를 흔들자, 다른 하나가 다시 나의 팔을 잡으며 데려가려고 했다. 그러자 두목은 화가 났는지 호통을 쳤다. 하늘에서 날벼락이 쳤다.

"거기 서, 이 자식들아!"

소리를 지르던 두목이 거대한 사내로 변했다. 매서운 눈으로 저승사자를 노려보더니 그들을 향해 성큼성큼 걸어가

먹살을 잡았다.

"아이를 놓아줘, 아이 하나 데려가지 않는다고 해서 세상이 달라지는 것도 아니잖여. 저승 녀석들아, 때로는 공평할 줄도 알아야지. 기껏해야 힘없고 가여운 어린아이여. 운명은 개뿔, 세상이 원래 그런 거라고?"

두목의 목소리가 어찌나 큰지, 산 전체에 울려 퍼졌다. 저승사자는 두목에게 일단 먹살이나 놓고 이야기하자며 회유했다.

"도 선생님, 왜 이렇게 성격이 급하십니까? 일단 말로 하시죠."

두목이 손을 놓자, 저승사자가 조금 더 친절해졌다. 맹목적으로 나의 수명을 늘려줄 수는 없다고 했다. 하늘의 뜻을 배신할 수는 없다. 누군가의 수명을 늘려준다면 또 다른 누군가의 수명을 단축시킬 수밖에 없다. 저승사자는 그것이 세상의 진리라며 난감한 심정을 드러냈다.

두목은 팔짱을 끼고 고개를 끄덕이며, 할아버지를 쳐다

봤다. 할아버지도 고개를 끄덕였다.

"좋아, 이렇게 하지."

두목은 저승사자 귀에 대고 무언가를 속삭였다. 그는 고개를 끄덕이며, 계속 "알겠습니다"라는 말만 되풀이했다. 두목은 혹여나 저승사자가 배신이라도 할까 봐, 할아버지 집까지 따라와 감시했다.

방 안에서는 엄마가 아직도 나를 붙잡고 오열하고 있었다. 부모를 잘못 만나서 이렇게 된 것이라며 자책했다. 이모, 삼촌 할 것 없이 모두들 눈물만 흘리고 있었다. 두목은 장부를 들어 붓으로 무언가를 고쳤다.

"차, 유, 현을 다시 데려가는 날은 앞으로 25년 후가 될 것이다."

나의 수명을 일정 기간 늘려준 것 같았다. 순식간에 영혼이 시신에게로 빨려드는 기분이 들었다. 잠시 후, 깊은 잠에서 깨어난 듯 눈이 떠졌다.

"엄마!"

내가 일어나자, 모두가 깜짝 놀랐다. 마을이 떠나가라 기
뻐했다. 할머니는 신이 도왔다며 하늘에 대고 감사 기도를
드렸고, 엄마는 이 기적이 사실인지, 나의 얼굴을 만져봤다
가, 부둥켜안았다가를 반복했다. 나는 그제야 할아버지가
생각났다. 방을 뛰쳐나갔다. 할아버지가 두목과 함께 있었
다. 할아버지는 내가 살아난 걸 보고 빙긋이 웃었다. 나는
할아버지에게 달려가 안겼다. 이유 모를 눈물이 계속 흘렀
다. 무서움의 눈물이었을까, 기쁨의 눈물이었을까, 아니면
알 수 없는 불안함에 대한 눈물이었을까? 할아버지 품에 안
겨 펑펑 울었다.

4

기적적으로 살아난 뒤로도 여느 때처럼 신나게 놀았다.
마을을 누비며 매일이 즐거웠다. 그러나 한편으로는 마음
이 불안했다. 내가 살아난 대가로 할아버지를 데려가는 건
아닐까? 하지만 할아버지는 평소처럼 멀쩡했다.

며칠 뒤, 실컷 놀다 집에 왔는데 흐느끼는 소리가 났다. 엄마 방이었다. 엄마가 뭘 잘못해서 혼나는 걸까, 엿들었다. 할아버지와 엄마가 이야기를 하고 있었다.

"경선아, 나는 말이여… 언제부턴가 이 말을 꼭 하고 싶었어. 사실은 말이여, 차 서방을 만나고 헤어진 것이 너의 잘못은 아니라고 생각혀. 살다 보면 네가 한 선택으로 후회하는 일이 생길 수도 있어. 그러나 사람은 누구나 실수를 하고 그것을 이겨내야 하는 법이여."

엄마는 아무 말도 하지 못하고 울었다.

"사실은 말이여. 지난 9년간 네가 보고 싶기도 하고, 걱정도 돼서 한순간도 잠을 못 잤어. 정선이한테 느이 집에 전화해서 어떻게 사는지 물어보라고 하고 말이여. 유현이가 태어났을 때 찾아가려고 했다만, 네가 싫어할까 봐 못 갔었어. 그리고 너의 소식을 들었을 때 말이여. 당장 집으로 부르고 싶어서 정선이를 시켰지. 그러지 않았으면 평생 후회하고도 남았을 것이여. 너도 집에 오고, 유현이도 만나서 기분이 환장할 만큼 좋았어."

엄마는 더욱 크게 울었다. 할아버지에 대한 미안함과 부모가 된 후의 깨달음 때문이었다. 그날 엄마는 할아버지께 잘못했다고, 죄송하다고 반복하며 울어댔다. 삼촌은 방문 밖에 내가 서 있는 걸 발견하곤, 집 밖으로 나가자고 했다. 할아버지와 엄마가 완전히 화해하니, 기쁘고 뭉클한 감정이 마음속에 맴돌았다. 노을이 지면서 집 앞 시냇물은 황금빛으로 흐르고 있었다. 그 아름다운 순간이 기억에 강하게 남았는지, 지금도 비슷한 풍경만 보면 그날의 냄새가 나는 것 같다.

그날은 즐겁게 식사를 하며 떠들어댔다. 갈비찜을 먹으며 할아버지가 나에게 장난을 쳤다. 생강을 감자라고 속이곤 밥 위에 얹어주셨다. 정말 감자인 줄 알고 깨물었는데, 진하고 걸쭉한 생강 향이 입안을 뒤덮었고, 이내 코로 흘러들어갔다. 입안에 있는 생강을 당장 뱉었다.

"에잇, 공짜 좋아하는 대머리 할아버지! 할아버지도 생강 먹어."

온 가족이 재미있게 웃었다. 가장 즐겁게 식사한 날이었다. 가족들은 내 재롱을 보며 즐거워했고, 그날의 일기에는 웃음 가득한 일만 적었다. 잠자리에 눕자 종일 어찌나 설쳐 댔는지 금방 잠들어버렸다.

꿈을 꿨다. 누군가가 내 방에 들어왔다. 할아버지였다. 할아버지 뒤에는 며칠 전 나를 데려가려고 했던 저승사자 둘이 있었다. 일어나서 할아버지에게 가지 말라고 했다. 할아버지는 그런 나의 머리를 쓰다듬으며 빙긋이 웃었다.

"유현아, 사랑한다. 건강하게 자라고…. 엄마를 잘 부탁혀."

가지 말라며 할아버지의 팔을 잡고 놓아주지 않았지만, 저승사자가 무슨 짓을 했는지 스르르 기절하고 말았다. 깜짝 놀라 잠에서 깼을 무렵, 밖에는 천둥이 치고 세찬 비가 내리고 있었다. 불안감이 온몸을 뒤덮었다. 조심히 마루로 나갔다. 삐거덕거리는 마룻바닥 소리가 기분 좋지는 않았다. 할아버지, 할머니 방문을 열었다. 자고 있는 할아버지의 몸을 흔들었다.

"할아버지, 할아버지…."

할아버지는 일어나지 않았다. 우려가 현실이 되었다. 할머니를 깨웠다.

"우리 강아지, 왜 우는 겨? 번개 쳐서 무서운 겨? 일루 와."

고개를 절레절레 흔들었다. 울먹이며 할아버지가 일어나지 않는다고 말했다. 할머니가 깜짝 놀라 할아버지를 흔들어 깨웠다. 이번에도 할아버지는 일어나지 않았다. 할머니가 가족들을 깨우러 간 사이, 도깨비를 만났던 일이 떠올랐다.

억수같이 내리는 비를 뚫고, 할아버지가 도깨비들을 만나러 갔던 곳으로 가려는데 외양간 처마 밑에서 누군가가 나의 팔을 잡았다. 도깨비 두목이었다. 나는 도깨비 두목에게 저승사자들이 할아버지를 데려갔다며 살려달라고 부탁했다. 앞으로는 착하게 살겠다고, 엄마 말도 잘 듣고, 할아버지와 할머니께 효도하겠다고 싹싹 빌면서 애원했다. 그러나 왠지 포기해야 할 것 같았다. 두목도 울고 있었기 때문이다.

"저승사자들이 너희 할아버지를 데려가기로 한 날이라서

구하려고 왔는데 말이여. 너네 할아버지가 약속은 약속이라며 거절하셨어."

도깨비가 울어댈수록 비가 세차게 퍼부었다. 소리 내어 울 때마다, 벼락이 쳤다.

할아버지와 저승사자 사이에 어떤 계약이 있었을 거라고 확신했다. 장난삼아 할아버지를 공짜 좋아하는 대머리라고 놀렸지만, 할아버지는 확실한 사람이었다. 나를 살리기 위해 자신의 수명을 단축시킨 것이다. 도깨비 말에 의하면 본래는 그날 당장 할아버지를 데려가려고 했단다. 하지만 할아버지가 일주일만 시간을 달라고 사정했다는 것이다. 도깨비의 협박에 못 이겨 저승사자들은 할 수 없이 그러라고 했고.

5

어느덧 서른이 넘었다. 삶에 찌들기도 하고, 사랑에 배신 당하기도 하고… 어른의 삶이란 어느 하나 쉽지 않았다. 그만 살고 싶은 생각이 머릿속을 스쳤다. 외할아버지 생각이 났다. 외할아버지의 기일이기도 해 오랜만에 외갓집에 갔다. 논이며 밭밖에 없던 땅에는 높은 아파트가 들어섰고, 시골집이라 불리기 어려울 정도의 고급 주택이 곳곳에 지어졌다. 외갓집도 마찬가지였다.

외갓집에 도착하자마자, 할아버지 산소를 찾았다. 평소 좋아하시던 술을 따르고 담배에 불을 붙여 비석에 올렸다. 이제는 다 커버린 손자의 절을 받으시니 기쁜지 궁금했다. 그렇게 할아버지 묘 옆에서 석양을 바라보고 있는데, 누군가가 나를 향해 걸어왔다. 굉장히 빠른 걸음으로 다가왔기에, 단박에 누군지 알 수 있었다. 도깨비 두목이었다. 나는 녀석을 보며 시장에서 산 막걸리와 수육을 흔들었다.

세월이 많이 흘렀는지 녀석의 모습도 많이 변해 있었다. 어린아이였는데 제법 잘생긴 사내로 자란 것 같았다. 텔레비전에서 본 건 있어서 기다란 코트와 구두를 신고 있었는데, '미디어가 도깨비까지 바꿔놓는구나'라는 생각이 들었다.

할아버지 묘는 도깨비가 지키고 있었다. 어떤 귀신도 손을 못 대게, 어떤 사람도 침입하지 못하게 말이다. 도깨비는 할아버지를 진정한 친구로 생각하고 있었던 것 같다. 술을 마시다 할아버지가 보고 싶다며 울어대는데, 하늘에서 빗방울이 떨어졌다.

몰랐는데, 도깨비도 술을 많이 마시면 취했다. 녀석은 할아버지에 대한 이야기를 늘어놓았다.

할아버지는 평범한 사람이 아닌, 미래를 보는 사람이라고 했다. 할아버지가 저승사자와 함께 가던 밤, 모든 것을 이야기했다고 했다.

"도 선생, 이용해서 미안혀."

엄마가 결혼하겠다며 신랑감을 데려왔을 때, 할아버지는 엄마의 불행한 미래를 보았다. 아버지가 엄마에게 상처를 줄 것이 틀림없었기에 결혼을 반대했다. 그래도 무조건 반대만 할 수는 없어 둘이 알아서 잘 살라고 했다. 아버지가 엄마를 때릴까 봐 너무 걱정된 할아버지는 자신이 본 미래가 틀리기만을 바랐다. 엄마가 행복하길 원했던 것이다. 그러나 불안한 예감은 한 치의 오차도 없이 맞아떨어졌다. 매일같이 되풀이되는 폭행과 사과로 아버지는 엄마가 결혼을 후회하게 만들었다. 할아버지가 이모를 시켜 엄마에게 전화하라고 한 이유는 나와 관련이 있었다.

나는 아버지에게 폭행을 당해 죽을 운명이었다고 한다. 할아버지는 그것을 알고 있었기에, 이모에게 매일같이 통화하라고 시킨 것이었다. 결국 엄마는 이모의 도움, 아니 할아버지의 도움으로 찾아온 변호사 덕에 법적인 문제를 해결했다. 그로 인해 아버지가 분노할 것이 틀림없기에 문제가 생기기 전에 집으로 오라고 한 것이다. 만약 그때 할아버지가 손을 쓰지 않았더라면, 나는 아버지에게 폭행을 당해 죽었을 것이라고 했다. 마음이 먹먹했다.

본래 죽을 운명이라 그런지, 할아버지에게 나의 미래는 보이지 않았다. 그래서 어느 날 갑자기 내가 죽을까 봐 늘 불안했다. 언제가 될지 모르지만, 대비해야 했다. 못된 무당이 도깨비를 잡는다는 소문을 듣고, 덫을 찾아다녔다. 식탐이 약점인 도깨비들은 무당이 쳐놓은 덫에 걸렸고, 할아버지는 그런 도깨비들을 구해주고 친구가 됐다. 도깨비에게 미안하지만, 죽은 사람도 살린다는 도깨비들을 이용하기 위해서였다. 돈도 명예도 소원도 필요 없었다. 갓 태어난 손자를 지키기 위한 선택이었다. 할아버지는 도깨비들에게 정성을 다해 잘해주었다.

이야기를 듣고 나니, 눈이 아리다 못해 아플 정도로 뜨거운 눈물이 흘렀다. 내가 그렇게 사랑받았다고 생각하니, 하찮게 여겼던 스스로의 삶이 소중하게 느껴졌다.

할아버지는 내가 와서 얼마나 좋은지 모른다며 도깨비들에게 자랑을 늘어놨다고 했다. 어차피 인생의 희로애락을 모두 경험했고, 딸과 손자를 구했기에 자신은 여한이 없다며 망설임 없이 그런 선택을 한 것이다.

그러나 감동도 잠시, 도깨비가 말하기를….

"유현이, 이 친구야. 자네 올해 나이가 서른셋 아닌가? 1년 후면 그들이 자네를 찾아올 것이여. 그때 자네 수명이 25년 연장됐으니께…."

귀문살

1

지금 생각하면, 외할아버지는 우리 마을 어덕말에서 꽤나 유명한 해결사였나 보다.

온 마을 사람들이 일이 있을 때마다 할아버지를 찾았다. 할아버지는 명구네 집 전구를 갈아주었고, 태주 아저씨네 딸이 놀다가 팔이 빠지면 끼워주었다. 정월대보름에는 마을 사람들이 몰려와 귀신 쫓는 의식을 진행해달라고 부탁하기까지 했다. 할아버지는 어덕말의 허준이자, 에디슨이자, 단군이었다. 외갓집은 하루에도 몇 번이고 사람들이 찾아와 조용할 날이 없었다.

나는 늘 할아버지 옆에 있었다. 건강하지 못해 할아버지가 침과 뜸을 놔주셔야 했다. 어린 손자가 장시간 치료에 지루해할까 봐 구해놓으신 만화책 덕분에 심심하지는 않았다. 때로는 같이 치료받는 이웃들의 이야기로 하루가 금세 갔다.

어덕말이 언제나 평화로운 건 아니었다. 가끔 희한한 일이 일어나기도 했는데, 그날은 참으로 무서웠다.

여느 때처럼 아픈 사람들이 할아버지를 찾아와서 침 좀 놔달라며 정신없게 굴고 있는데, 누군가가 외갓집 대문을 벌컥 열고 다급하게 들어왔다.

"이 선생님, 큰일 났슈… 어떡해유?"

할아버지는 침을 놓다 말고, 안경을 콧대 아래로 내린 채 스님을 멀뚱히 쳐다봤다.

"잉, 진수 스님 아니여? 무슨 일로 오셨어?"

많은 사람들이 외갓집의 마루며, 방에 누워 스님을 쳐다 봤다. 이 모습을 본 스님은 할아버지의 귀에 대고 뭔가를 말했다. 나는 옆에서 할아버지의 동공이 점점 커지는 것을 지켜봤다.

"아니, 뭐라고?"

할아버지는 골방에서 작업을 하고 있는 아버지를 조용히 불렀다. 할아버지 말이라면 즉각 반응하는 아버지였기에, 냉큼 문을 열고 나왔다.

"스님이랑 당장 이장 집으로 가."

할아버지는 아버지와 스님이 나가자마자, 문을 걸어 잠 갔다. 그리고 사람들을 방에서 나오지 못하게 했다. 나에게 들리지 않게 하려고 몇몇 사람들에게만 조용히 말했지만, 귀가 비상하게 좋은지 모두 들을 수 있었다.

"그러니까 말이여, 절에 온 그 젊은 친구가 말이여, 스님 둘을 찌르고 도망갔다네. 우리 마을 어딘가를 돌아댕긴다 고 허는디, 영 불안혀. 내가 그 친구를 처음 봤을 적에… 에

휴, 이럴 틈이 없지. 아무튼 문 서방이 지금 이장 집으로 갔으니께, 곧 방송이 나올 거여."

할아버지의 말에 사람들이 동요하며 집으로 돌아가려고 했다. 할아버지는 자칫하다 남자를 만날 수도 있으니, 방에 얌전히 있으라며 문을 막아섰다. 바로 그때, 이장의 방송이 들렸다.

"끼이이익… 아, 아… 이장입니다. 지금 우리 마을에유, 위험한 일이 생겼슈. 절에서 수행을 하던 사람이 스님을 찌르고 도망 중이니께, 다들 문단속허고 밖에 돌아다니지 마유. 논에 있는 사람들도 일허지 말고 어서 들어가유."

이장은 같은 내용으로 여러 번 방송했다. 마을 전체가 소란스러워졌다. 할머니와 엄마, 이모들이 하우스에서 돌아왔다. 사람들이 소란스러우니 나 역시 무서웠다. 할아버지는 내가 듣지 못하게 하려고 애를 썼지만, 이미 모든 이야기를 들은 나는 이불 속에서 벌벌 떨었다.

아버지를 비롯한 어른들이 마을 여기저기를 다니며 문단속을 시켰고, 집에 아이들만 있으면 할아버지 집으로 보냈다. 어른들은 문제의 남자를 찾기 위해, 마을 전체를 뒤졌다.

남자는 위험했다. 대전에서 평범한 회사에 다니던 그는 매일 귀신에 시달린다며, 어덕말까지 찾아왔다. 스님들은 마음이 어지러워 그런 것뿐이라며, 함께 마음 수련을 하다 보면 좋아질 거라고 했다. 하지만 좋아지기는커녕 절에서도 귀신이 보인다며 역정을 냈다. 절에도 귀신이 출몰하면 어디로 도망가야 하느냐며, 매일같이 절규했다.

바로 그날, 사고가 일어났다. 남자는 귀신이 스님들에게 옮겨 붙었다며, 품속에서 칼을 꺼내 스님 둘을 찔렀다. 다행히 생명에 지장은 없었지만, 사건은 거기서 끝나지 않았다. 남자는 스님들에게서 빠져나간 귀신이 마을로 도망쳤다며, 다시 칼을 고쳐 잡고 마을로 내려갔다.

사고 전에는 그를 자주 봤다. 개울가에 앉아서 얼빠진 표정으로 흐르는 냇물을 봤다. 뭔가를 중얼중얼 읊고 있었는데, 알아들을 수가 없었다.

지금 생각해보면, 남자가 거짓말을 한 것 같지는 않다. 언제나 잠을 못 잔 듯 퀭한 눈이었고, 밥도 제대로 못 먹은 듯

앙상한 몸은 당장이라도 부러질 것 같았다. 그는 뭔가가 보였던 것 같다.

할아버지는 그가 마을에 왔을 때부터 수련보다는 병원에 가봐야 하지 않나, 제안했지만 본인은 미치지 않았으니 제발 귀신만 없애달라며 하소연했다. 본인이 그렇게 하겠다는데 억지로 막는 것도 예의가 아니라 절에 가는 것을 보고만 있었다.

1990년대 초반의 시골에서는 외지에서 온 사람의 정보를 제대로 알기가 어려웠다. 순경 둘과 마을 사람들이 누군지도 모르는 사람을 찾아 헤맸다. 그렇게 큰 마을도 아닌데, 귀신 들린 남자는 어디로 갔는지 알 수가 없었다.

해가 지면서 마을에 어둠이 내렸다. 어둠이 무서운 마음을 한껏 불러댔다. 마을 사람들이 순식간에 할아버지 집으로 모였다.

"그 미친놈 아직도 안 잡혔대유? 이게 무슨 일이래유⋯."

할아버지는 뒷마당에서 종일 담배만 피우셨다. 무엇을

생각하는지 알 수 없었지만, 남자의 행방을 찾았던 것 같다. 한참 동안 감나무 건너를 유심히 지켜보더니, 벌떡 일어나 나가버렸다.

"문 서방, 문 서방…! 당장 정자나무 아래로 와!"

할아버지가 허공에 대고 여러 번 말하자, 멀리서 아버지의 목소리가 들렸다.

"네, 장인어른."

아버지를 비롯한 건장한 체구의 사내들과 할아버지는 교회로 갔다. 할아버지는 남자가 교회에 있을 것이라고 단정했다. 귀신 들린 남자가 마을에 내려온 지 한참이 지났는데도 보이지 않는다면 선택은 두 가지였다. 마을을 떠났거나, 귀신을 없애기 위한 또 다른 방법을 찾았거나. 할아버지는 그가 마을을 벗어나지 않았을 거라고 했다. 귀신을 무서워하는 양반이 어두운 밤에 멀리 떨어진 읍내까지 간다는 건 어려운 일이었다.

어덕말에는 무당이 없었다. 조그마한 절과 교회가 있는 작은 마을에서 남자가 갈 수 있는 곳은 지극히 제한적이었다.

아니나 다를까. 교회에서 울부짖는 소리가 났다. 아버지 말로는 교회에 산짐승이 있는 것처럼 요란했다고 한다. 산을 오르는 길에 있는 곳이라 안 그래도 으스스한데, 괴기한 소리가 들리니 꽤나 무서웠다. 모두가 겁을 먹고 섣불리 움직이지 못했다. 할아버지는 못마땅하게 생각하며 문을 벌컥 열었다.

"소도 때려잡게 생긴 친구들이 그렇게 겁이 많아서야…"

문이 열리자, 남자의 괴기한 소리가 선명하게 들렸다. 십자가 앞에서 기도를 하다 소리를 질렀다.

"하느님 아버지, 제발 사악한 귀신들을… 제발… 야 이, 귀신새끼들아! 방해하지 말라고… 제발…"

할아버지가 울부짖는 남자에게 손전등을 비추며 말을 걸었다.

"이보게, 괜찮은 겨? 어떻게… 다친 곳은 없고?"

남자는 할아버지와 마을 사람들을 보더니, 후다닥 달려 나왔다. 할아버지의 다리를 붙잡고 엎드려 제발 살려달라고 했다. 처음에는 귀신이 하나였는데, 이제는 온 마을 귀신들이 자신에게 달려든다며 무섭다고 했다. 남자의 몰골은 말이 아니었다. 늦가을 찬바람에 온몸이 서늘할 지경인데, 남자는 땀에 젖어 있었다. 옷은 스님들을 찌르면서 묻은 피로 엉망이었다. 사내들은 경찰에게 넘겨야 하는 거 아니냐고 할아버지에게 말했지만, 할아버지는 일단 집으로 가자고 했다. 남자는 할아버지의 집으로 가는 길에서도 귀신들이 보인다며, 제발 어떻게 좀 해달라고 했다.

아버지는 남자의 옆에서 팔을 잡고 걸었는데, 10초에 한 번씩 귀신들이 따라온다고 소리를 질러대는 통에 신경통이 올 지경이었다고 했다.

남자가 외갓집 마당에 들어서던 날이 생각난다. 초췌한 모습에 광기 어린 눈으로 집 안 이곳저곳을 보며 귀신들이 자기를 보고 있다고 외쳐대는데, 심장이 저절로 오그라들었다. 사람들이 수군대기 시작했다. 내 또래 여자아이들은 남자를 보자 겁을 먹고 울어댔다. 집에 있던 마을 사람들이 할아버지에게 남자를 왜 데려왔느냐고 물었다.

"에헤이, 들어봐. 지금 이 양반이 제정신이 아니란 말이여. 경찰서에 가봐, 또 난리 치고… 분명 죽네, 마네 하고… 이러다가 사람 잡겠어. 염병, 일단 밥이라도 멕여서 정신을 차리게 해야 할 거 아니여?"

할아버지는 남자를 데려다 놓고, 사람들을 집으로 돌려보냈다. 할아버지는 괜찮다며, 별일 없을 거라고 타일렀다. 마을에서 영향력이 높은 양반의 말이니, 그러려니 하고 집으로 돌아갔다.

할아버지는 시장하다며, 엄마와 이모에게 상을 내오라고 했다. 불안에 떠는 남자를 진정시키려 했지만, 남자는 여전히 집안 곳곳에 손짓을 하며 귀신들이 자신을 쳐다본다고 했다.

"순경 선생, 식사 내오면 이 친구랑 같이 한 끼 허여…. 나 전화 좀 하고 올 테니께?"

할아버지는 나에게 수첩을 가져오라고 하셨다. 안경을

고쳐 쓰며, 누군가의 연락처를 한참 동안 찾았다.

"유… 유… 현… 재. 여기 있네, 여기 있어…. 다시는 연락할 일이 없을 줄 알았는데…."

할아버지는 '유현재'라는 사람에게 전화를 걸었다. 신호가 꽤 오랫동안 갔지만, 전화를 받지 않는 듯했다.

"여보세요?"

할아버지는 수화기를 내려놓으려다 말고 호통을 쳤다.

"이 양반이 까마귀 고기를 삶아 먹었나? 왜 이렇게 전화를 늦게 받는 겨? 속에서 열불 나게 하는 거는 하나도 안 변했구먼? 됐구, 원일이는 잘 크는 겨? 그려, 그려… 근데 나 뭐 하나 물어보고 싶은 것이 있어. 자네, 지금 어덕말로 올 수 있는 겨?"

"나 말이어요, 이틀 뒤에 부산으로 이사 가야 해서 짐 싸야 혀. 급한 거 아니면 내일 봐유."

할아버지는 급하다고 사정사정했다. 사람 하나 살리는 셈 치고 제발 와달라고 했다. 하지만 유현재라는 사람은 이사가 더 급했나 보다. 급기야 전화를 끊으려고 하기에, 할아버지가 서둘러 말을 꺼냈다.

"지금 우리 집에 귀문鬼門에 들린 남자가 있어. 자세히는 모르겠는데, 아마도 귀문이 맞을 것이여."

2

귀신 들린 남자가 있는 방에서 계속 요란한 소리가 들려왔다. 남자는 귀신들이 여기저기서 자신을 죽이겠다며 위협한다고 했다. 머리를 풀어 헤치고 피눈물을 흘리는 처녀 귀신부터 온몸에 밀가루를 덮어쓴 듯 새하얀 노인 귀신까지, 남자를 처다보며 겁을 줬다고 했다.

남자는 부처님과 하느님을 찾았다. 그러나 기도를 할수록 귀신들이 늘어나니, 미칠 지경이었다. 할아버지는 괜찮다며 진정시켰지만, 그것이 남자 마음대로 됐다면 이런 사달도 나지 않았을 것이었다.

"부처님도 하느님도 있긴 있는 거예요? 어째서 절과 교회에 가면 갈수록 귀신이 더욱 활개를 치느냐고요? 미치겠어요. 지금도 거기서 쫓아온 놈들이 여기 바글바글해요."

할아버지는 안타까운 마음으로 남자를 챙겼고, 경찰들은 말이 통하지 않을 것 같으니 병원을 알아보자고 했다. 나는 할아버지의 방과 이어진 골방에서 그것을 듣고 있었는데, 무서우면서도 흥미로웠다.

할아버지는 남자를 편안하게 해주었다. 그럴수록 남자는 겁에 질렸다. 눈앞에 나타난 귀신들을 보지 않으려고 눈을 감으면, 그것들이 남자를 놀리려는 듯 귀에 대고 죽으라며 속삭인다고 했다.

"형님, 저 왔어유…."

밖에서 누군가가 할아버지를 불렀다. 유현재였다. 할아버지보다 조금 더 젊어 보이는 아저씨였는데, 엄청나게 큰 가방을 들고 있었다. 할아버지는 맨발로 뛰쳐나와 유현재를 반겼다. 유 씨는 그런 할아버지가 익숙지 않은 듯 거리를 두며 방 안으로 들어왔다.

"어이고, 형님, 온 마을 귀신이 이 집에 다 모여 있어유. 어쩐 일이래…? 아… 이 친구 때문이구먼?"

유 씨의 말에 골방에서 엿듣던 나까지 오싹해졌다. 집이 온갖 귀신들에게 둘러싸여 있다고 생각하니 오금이 저려왔다. 이불을 얼굴까지 뒤집어쓰고 숨죽였다.

유 씨가 남자에게 이름이며, 태어난 시각이며 여러 가지를 물었는데, 사주에 '귀문'이란 것이 있는지 확인하기 위해서였다.

당시에는 무서워서 듣고 넘겼는데, 어른이 된 후에야 귀문의 정확한 뜻을 알게 되었다. 귀신이 드나드는 문으로, 빙의가 잘 되는 체질의 사람이란다. 그런 것이 사주에 나타난다니, 꽤 흥미로운 일이지만 남자에게는 해당되지 않는 것 같았다. 유 씨는 남자를 보며, 고개를 갸우뚱거렸다.

"멀쩡한 사람한테 이게 무슨 일이여? 총각, 어디 한번 말해봐. 도대체 어떻게 된 일인지…. 자네 말이여, 자네 사주나 인생은 귀신과 연이 없어. 그런데 이렇게 많은 귀신을 몰고 다닌다는 게 이해가 안 되는구먼?"

남자는 할아버지가 달여 온 따뜻한 차를 조심스레 마시더니, 자신이 귀신을 처음 본 날의 이야기를 들려주었다.

"저… 저는 대전에서 자동차 정비 일을 하던 사람이었어요. 얼마 전 아버지가 돌아가신 후로 귀신이 보이기 시작했어요."

3

아버지 장례식을 끝내고 집에 갔더니, 180센티가 넘는 키의 여자가 있었다고 했다. 그녀는 남자에게 아버지를 따라 죽으라며 방을 맴돌았다. 밤낮 가리지 않고 나타나 괴롭혔고, 급기야 꿈속에도 나타나서 겁을 줬다. 매일이 악몽이었다. 절이나 교회에 다니면 귀신이 오지 못한다는 지인의 말에 아버지의 고향인 어덕말까지 오게 된 것이었다. 그러나 내려온 첫날부터 키가 큰 여자 귀신이 눈앞에 나타나니 미칠 노릇이었다. 앞에 부처님이 있는데도 상관없었다. 오히려 불상 무릎에 누워서 못된 눈으로 남자를 쳐다봤다.

스님 몸속에까지 들어가 남자를 혼란에 빠트리니 더 힘들었다. 함께 108배를 하던 스님에게 빙의하여 남자의 목을 조르는가 하면, 명상 중에 요란한 웃음소리를 내 정신을 어지럽게 하였다. 불상에서 이상한 소리가 나기도 했는데, 그때마다 부처의 얼굴이 기괴하게 바뀌며 남자를 조롱했다.

남자는 자신이 수양에 집중하지 않았기 때문이라고 생각했다. 그럴수록 더욱 집중하려고 노력했다. 하지만 하나였던 귀신이 여럿으로 늘어나자, 아무것도 할 수 없었다. 누군가의 말처럼 베개 밑에 식칼을 두고 자도, 달마도를 벽에 걸어도 소용없었다.

그날도 귀신에게 생명의 위협을 느낀 남자가 참다못해 스님 둘을 찌른 것이었다. 귀신 둘이 스님에게 빙의하여 남자에게 달려오는데, 칼로 찌르지 않았다면 자신이 죽었을 것이라고 했다. 자신이 스님들을 해칠 마음이었다면 복부나 심장을 찔렀겠지만, 빙의된 것을 알았기에 팔과 허벅지를 찔렀다고 했다. 그 뒤, 거짓말처럼 귀신이 그들의 몸에서 빠져나왔는데, 남자를 비웃으며 마을 사람들에게 빙의할 것이라고 조롱했다는 것이다.

남자는 화가 났다. 절에 다니면 귀신이 싫어한다더니? 부처님의 힘이 소용없었던 것일까? 배신감과 괘씸함에 귀신을 쫓아 내려갔는데, 큰 실수였다. 귀신의 덫에 걸린 듯 엄청난 수의 귀신이 나타나 남자를 향해 천천히 걸어왔다. 그런 공포는 처음이었다. 셀 수도 없을 만큼 많은 귀신이 자신을 쫓았다. 이번에는 하느님의 힘을 빌려보려고, 교회로 뛰어갔다. 십자가 앞에서 기도를 하며, 부디 저들로부터 자신을 구해달라고 했다. 하지만 하느님은 아무런 말도 하지 않았다. 귀신들은 교회를 제집 드나들듯 하며 남자를 비아냥댔다.

"백날 기도해봐라. 저것이 너의 기도를 들어주나…, 낄낄낄."

제발 구해달라며 어린 시절 교회에서 외웠던 주기도문이나 사도신경을 읊고, 찬송가도 불렀지만 소용이 없었다. 남자가 기댈 곳은 하느님밖에 없었다. 요망한 것들이 정신과 정서를 쑥대밭으로 만들었지만 살고 싶었다. 살면서 큰 죄를 지은 적도 없는데… 억울했다.

남자의 말은 무서웠지만 매우 재미있었다. 그래서 할아버지 방으로 이어지는 문창호지에 티 나지 않게 구멍을 뚫고 지켜봤다.

유 씨가 고생이 많았겠다며 남자의 어깨를 두드렸다. 경찰들은 믿지 않는 듯했지만 스님들의 진술에 따르면 남자의 말도 신빙성이 있었다. 칼에 찔린 정도가 경미했다는 것이다. 할아버지는 경찰을 설득했다.

"그냥, 작은 소동이니께 이쯤 혀…. 크게 다친 사람도 없고, 스님들도 괜찮다잖여…. 내일 내가 이 친구랑 찾아갈 테니, 순경 선생들도 가보시게…."

순경들도 이쯤에서 마무리하는 것이 좋을 것 같았다. 모자랑 외투를 주섬주섬 챙겨 나갔다. 외할아버지가 유 씨에게 물었다.

"이보게, 현재… 이 친구 말이 맞는 겨?"

유 씨는 고개를 끄덕였다. 그리고 나지막이 입을 뗐다.

"지금 약간 위험한 것이… 온갖 귀신이 이 친구를 잡아보겠다고 다 몰렸슈. 이건 지가 어떻게 할 수 있나, 모르겠는디…. 이 친구를 누가 노리고 있는 것 같어유…."

유 씨는 귀신들을 원래 있던 곳으로 돌려보내야 한다고 했다. 할아버지는 귀신들을 모조리 쓸어버리자고 했지만, 유 씨는 귀신은 그렇게 달래는 것이 아니라고 했다.

사람에게 하는 것처럼 귀신도 좋게 설득해야 한다고 했다. 문창호지의 작은 구멍으로 유 씨가 이상한 주문을 외우는 것을 보았다. 유 씨가 합장을 하며 동서남북으로 고개를 숙이는데, 귀신 들린 남자의 눈이 휘둥그레졌다.

"어… 어떻게… 이런 일이…."

남자는 유 씨를 보며 감탄했다. 귀신들을 어떻게 쫓아낸 것이냐며, 유 씨를 향해 절을 했다. 허나 유 씨는 고개를 절레절레 흔들며 방구석을 가리켰다.

"모두 돌아가고 저기 키 큰 여자 귀신만 남았구먼? 저것이 지금 나를 원망스러운 눈빛으로 바라보는데, 무서워 죽겠어…. 이 친구야, 도대체 누구한테 원한 살 짓을 한 거여? 그자가 아주 몹쓸 저주를 걸었어."

나의 눈에는 그것이 보이지 않았다. 유 씨와 남자가 아무것도 없는 구석에 대고 이러쿵저러쿵 이야기를 했다. 할아버지는 유 씨의 말에 고개만 끄덕일 뿐 아무런 말도 하지 않았다.

남자는 귀신의 정체를 모르는 것 같았다. 그의 말로는 평범하게 살았고, 본래 내성적인 성격이라 인간관계가 넓지 않다고 했다. 매일 보는 사람이라고는 아버지와 계모, 이복동생뿐이고, 사회생활이라고 해봤자, 카센터 근무가 전부라고 했다.

유 씨는 뭔가 잘못된 듯 방구석을 보며 한숨을 내쉬었다.

"누가 시켜서 왔어? 말을 해야 할 거 아니여. 그렇게 욕만하면 되겠어? 환장하겠네…. 내가 해치지 않을 테니께…. 그려서… 누가 이 총각한테 보낸 것이여?"

내 눈에는 아무것도 안 보였는데 신기했다. 연극을 하는 것 같았다. 남자는 유 씨의 등 뒤에 숨어 벌벌 떨었다. 할아버지는 유 씨에게 말로 안 되면 그냥 조지든가 어떻게 좀 해보라고 했다.

유 씨는 기침을 두 번 정도 하더니, 자신의 품에서 노란색 부적을 꺼내 라이터로 불을 붙여 태웠다. 남은 재는 자신의 손바닥에 비벼 아무것도 없는 방구석에 뿌렸다.

"끄아아아악… 끄아아아아악… 싫다…. 영감쟁이야, 그만해… 끄아아아아악…."

믿을 수 없는 일이 벌어졌다. 여자의 비명이 할아버지 방안 가득 울려 퍼졌다. 아니, 집 전체가 흔들리는 것 같았다. 아버지와 가족들이 놀라 문을 열려고 하자, 유 씨가 들어오지 말라며 막았다.

유 씨가 또다시 부적을 집어 들며 주문을 외우자, 그것이 욕을 하기 시작했다. 나는 태어나서 처음으로 귀신을 보았다. 형광등이 깜박깜박 꺼졌다, 켜졌다를 반복했다. 검은 옷을 입은 키 큰 여자가 사악한 표정으로 이리저리 도망다니는 게 보였다. 머리를 풀어 헤친 그녀는 방에서 나가려고 애를 썼다. 젠장, 문창호지 구멍으로 나와 눈이 마주쳤다. 그녀는 작은 구멍으로 빨려 들어오듯 내게 달려들었다.

많은 사람이 귀신은 없다고 하지만, 그것들에게 당해보지 않으면 모른다. 초등학교도 들어가기 전이었던 나는 귀신이 왜 무서운지 알게 되었다. 귀신이 골방에 들어와서 나에게 한 짓을 누군가가 안다면 경악할 것이다. 그것이 순식간에 들어와 나의 목을 조르는데, 아무것도 할 수 없었다. 숨도 쉬어지지 않고, 목소리도 나오지 않았다. 무엇보다 내게 했던 말이 너무 무서웠다.

"이렇게 된 거, 너라도 죽어라. 낄낄낄…."

귀에 들리지는 않았지만, 머릿속에서 소리가 퍼져 나왔다. 그것이 내 목을 조르며 미친 듯이 머리를 흔들어대는데, 너무 무서워서 오줌을 지렸다. 실신 직전에 방문이 벌컥 하고 열렸다.

유 씨가 조그마한 항아리를 열며 주문 같은 것을 읊으니, 그것이 순식간에 빨려 들어갔다. 영화에서나 봤던 일이 눈앞에서 벌어진 것이다.

"아주 큰일이 날 뻔했구먼…. 귀신 잡으려다가 형님 귀한 손자를 잃을 뻔했어유."

4

안 그래도 몸이 약했던 터라, 할아버지는 나의 몸 여러 곳의 맥을 짚으며 상태를 살폈다. 다행히 크게 다친 곳은 없는지, 안도의 한숨을 내쉬셨다. 남자는 귀신이 사라지자, 털썩하고 주저앉았다. 유 씨가 여러 장의 부적을 항아리에 야무지게 붙이면서 남자에게 말했다.

"자네 말이여, 조심해야 혀. 그 귀신이 어떤 귀신인지 아는가?"

남자는 고개를 저었다.

"저것은 말이여, 무당이 부리는 귀신이여. 실력 좋은 무당은 귀신을 부리는데 말이여. 사람을 해치는 수단으로도 쓰지. 저런 귀신은 다른 귀신을 불러서 인간을 조롱하는디….
귀신은 인간의 두려움을 먹고 사는 요물이라서 끝없이 겁
을 주는 거여. 저런 귀신은 사람도 직접 죽일 수 있어. 저 아
이 봤지? 정말 큰일 날 뻔했어. 자네 두려움을 먹고 저 아이
를 죽이려 든 것이여. 아무튼….”

유 씨는 남자에게 대전에 가면 누가 자신을 노리고 있는
지, 확인해보라고 했다. 누군가가 무당에게 사주를 해서 귀
신을 보낸 것이니 주위를 살펴보라고 했다. 또 다른 위험이
기다리고 있을 수도 있다며, 불안한 눈빛으로 말했다.

남자는 할아버지와 유 씨에게 고맙다며 울먹였다. 모두
가 자신을 미친 사람 취급하며 손가락질할 때, 발 벗고 도와
줘서 고맙다고 했다. 다음 날, 남자는 할아버지와 스님들의
도움으로 별일 없이 훈방됐다. 귀신을 만난 이후, 처음으로
숙면을 취한 남자는 인물이 번듯했다.

그가 대전으로 떠나던 날, 유 씨도 이사를 간다며 찾아왔
다. 유 씨의 아내와 손자로 보이는 아이가 할아버지의 집 앞
까지 와서 인사를 했다. 유 씨는 할아버지에게 다시는 만나
는 일이 없었으면 좋겠다고 말했지만, 농담인 걸 알 수 있었

다. 두 사람은 손을 맞잡고, 언제 볼 수 있을지 모르겠지만 건강하게 잘 살라며 격려했다.

어덕말에 평화가 찾아왔다. 사람들은 할아버지에게 이것 저것을 부탁하기 위해 찾아왔고, 외갓집 마루는 조용할 날 이 없었다.

그러던 어느 날, 대전으로 간 남자에게 전화가 왔다. 대전 으로 돌아가보니, 누군가가 자신의 집을 샅샅이 뒤졌다고 했다. 그리고 자신이 자주 사용하던 물건이 사라졌다며 불 안하다고 했다. 집 안 곳곳을 치우는데 이상한 부적들이 여 기저기 붙어 있었다고도 했다. 유 선생을 대전으로 부르고 싶다고 했지만 그는 이미 부산으로 가고 없었다. 남자는 아 쉬워하며 전화를 끊었다.

남자의 소식은 더 이상 들을 수가 없었다. 할아버지가 남 자에게 전화를 걸었지만, 그의 번호가 바뀐 뒤였다.

스승과 제자

1

작년 여름, 건강상의 이유로 회사를 그만두고 고향으로 내려왔다. 귀향했다는 소식을 누구에게 들었는지, 평소 아버지처럼 생각하는 고등학교 은사님에게 연락이 왔다. 집에 꼭 놀러 오라고 하셨다. 사모님께 폐를 끼치기 싫어 밖에서 뵙겠다고 하니, 집에 아무도 없으니 놀러 오라는 것이었다. 다리를 다쳐 밖에 나가기가 어렵다고 하시기에, 집에 도착하자마자 선생님 댁으로 향했다. 걱정이 되기도 했고, 빨리 뵙고 싶기도 했다.

어린 시절, 가난과 불합리한 사회를 탓하며 비뚤어진 적이 있었다. 그때는 한 마리의 괴물이 되어 문제만 일으켰다. 싸움, 술, 담배, 도박 등 비행을 저지르고 다녔다. 그런 나에게 유일하게 손을 내미신 분이 선생님이다. 당시에는 가난이 싫어 학교를 그만두고 돈 되는 일이면 뭐든지 하려고 했다. 그게 법에 어긋나는 일이라고 해도 말이다. 그렇게 작정하고 자퇴서를 쓰기 위해 학교에 갔는데, 선생님께서 밥은 먹고 다니냐며 식사나 하러 가자고 했다. 피죽도 얻어먹지 못한 나는 "짜장면"이라는 말에 따라나섰다. 중국집에서 선생님은 끊임없이 자신의 본분을 다했다. 사람 만드는 일 말이다. 선생님의 말은 그 어떤 체벌보다 아팠다.

"지금 너를 자퇴시키면 평생 마음의 한으로 남을 것 같다. 사랑하는 제자가 아무 계획도 없이 그저 돈 벌기 위해 자퇴를 한다는데, 내가 어떻게 편히 자겠니? 내 제자만큼은 공부를 못해도 좋고, 대학에 안 들어가도 괜찮다. 다만 사람으로 태어나서 사람 도리는 하는 제자로 만들어야, 죽어서도 후회가 없을 것 같구나. 경제적인 문제라면 내가 도와주마. 졸업할 때까지만 학생의 본분을 다해주면 안 되겠니?"

한동안 침묵이 흘렀다. 그렇게 말해준 어른은 없었다. 그날 선생님의 애원으로 펑펑 울었던 기억이 난다. 이후 정신을 차려보니, 손에는 어느덧 연필이 쥐어 있었고, 눈앞에는 책이 펼쳐져 있었다. 선생님의 가르침으로 꼴통 생활에서 벗어나 대학이란 목표에 점점 다가갔다. 대학 갈 돈은 없었지만, 그래도 수능을 보았다. 좋은 대학은 아니지만, 지방에서 괜찮다는 평을 받는 대학에 붙었다. 죽기 살기로 아르바이트를 했지만, 등록금을 벌기란 쉽지 않았다.

안간힘으로 아르바이트를 마치고 돌아오던 날이었다. 집에 들어갔는데, 거실에서 선생님과 부모님이 이야기를 나누고 계셨다. 부모님이 울고 있는 것 같아 예감이 좋지 않았다. 선생님은 나를 쓱 보더니, 목례만 하고 나가버렸다. 무슨 일이냐고 물었다. 그러자 엄마가 펑펑 울면서 말했다.

"너희 선생님이… 니 대학 등록금 내주셨어."

그 이야기를 듣고 뜨거운 눈물이 멈추지 않았다. 추운 겨울이었지만 벗은 외투를 다시 입지도 않고 뛰쳐나갔다. 선생님은 이미 저 멀리, 보일 듯 말 듯 했다. 선생님을 크게 부르며 뛰었다. 지금이 아니면 마음속의 감사함을 모두 표현하지 못할 것 같아 달리고 또 달렸다. 선생님은 뒤늦게 나를 발견하곤 쑥스러운 듯 머리를 긁적이고 계셨다. 도대체 나

같은 인간에게 왜 그렇게 잘 해주시느냐고, 어떻게 이 은혜를 갚아야 하느냐고, 목 놓아 외쳤다. 선생님은 주먹으로 내 머리를 꽁 하고 때렸다.

"시끄러워, 녀석아. 은혜는 나한테 갚지 말고, 어려운 사람들 돕고 살아라. 받은 거의 몇 배는 세상에 돌려줘야 해. 물론 앞으로의 인생도 쉽지는 않을 거야. 그런데 사내 녀석이 너무 울어대는구나. 역시 넌 나쁜 일을 할 인물이 못 돼…."

선생님은 위로하듯 내 어깨를 툭툭 쳤다.

"위태로운 청춘에게도 희망이 있다는 걸 네가 보여줬으면 좋겠다. 대학교 가서 열심히 해라."

그날을 잊지 못한다. 아버지가 계셨지만 늘 술만 마시고 집안을 쑥대밭으로 만들었기에, 부성애를 느낀 적이 없었다. 선생님께서는 늘 아버지의 빈자리를 채워주셨다. 선생님이 아버지 같았다.

선생님은 5년 만에 뵙는 것이다. 전화로 연락은 자주 드렸지만 바쁘다는 핑계로 얼굴을 못 뵌 것이 죄송했다. 양손

가득 선물을 사 부랴부랴 댁으로 향했다.

벨을 누르니, 선생님께서 반갑게 맞아주셨다. 마음이 울컥한 것이 당장 눈물이 쏟아질 것 같았다. 5년이란 시간은 선생님을 그대로 관통한 듯 보였다. 흰머리가 수북했고, 더욱 야위셨다. 하지만 워낙 깔끔하신 분인지라, 여전히 멋있으셨다. 선생님을 생각하면 늘 반듯한 아나운서 같은 이미지가 아니던가. 반가운 마음에 선생님을 부둥켜안았다.

"선생님, 잘 계셨어요? 늦게 찾아뵈서 죄송해요."

선생님께서도 활짝 웃으며 안아주셨다. 눈물이 났다. 성공해서 돌아오겠다며 서울로 올라갔는데, 성공은커녕 평범한 생활도 하지 못하고 돌아온 것이 죄송했다. 나는 다리는 괜찮으시냐고, 건강은 괜찮으시냐고 물었다. 선생님은 그동안 고생이 많았겠다며, 오히려 나를 걱정하셨다.

내가 서울에 있는 동안, 선생님의 아드님은 결혼을 해 미국으로 갔다. 이후 며느리가 임신을 해 사모님도 따라가셨는데, 혼자 계신 지 꽤 오래되었다고 말씀하셨다. 하지만 혼자라고 믿어지지 않을 만큼 집이 매우 깨끗했다. 가구며, 책이며, 신문, 리모컨 등이 반듯하게 자리 잡혀 있었고, 먼지 한 톨 없었다. 은퇴를 하시고도 여전히 반듯한 생활을 이어오고 계셨다.

신생님과 나는 중국요리를 좋아했다. 예전 추억도 떠올릴 겸, 근처 중식당에서 짜장면과 탕수육을 배달시켰다. 잠시 후 배달원이 왔고 선생님이 계산할까 봐 잽싸게 나가서 배달원에게 돈을 쥐여줬다. 음식을 들고 식탁으로 갔다. 선생님께서는 왜 계산을 먼저 했느냐면서 호통을 쳤지만, 들리지 않았다. 음식을 덮은 랩을 조심스럽게 뜯으며 선생님을 보는데 그저 웃음만 났다. 선생님께서도 빙긋이 웃으며 젓가락을 드셨다.

"이게 얼마 만에 먹는 짜장면이냐?"

선생님은 예전부터 짜장면을 유독 좋아하셨다. 다리가 불편하니 직접 먹으러 가지는 못하고…, 그렇다고 한 그릇을 어떻게 배달하겠는가. 그런 생각을 하니 마음이 짠했다. 선생님은 입에 짜장면을 묻혀가며 정신없이 드셨다. 많이 시장하셨던 모양이다. 음식을 항상 맛있게 드시는 분은 아니었기에, 그런 모습이 보기 좋았다.

'진작 찾아뵐 걸, 이게 뭐라고….'

음식을 드시면서도 선생님은 나에게 궁금한 것이 많았던 모양이다. 다른 회사로 들어갈 생각은 없느냐, 대학원에 간다면 무슨 공부를 할 것이냐, 건강에는 별 탈이 없느냐…. 그러면서도 내가 무슨 일을 하든 응원한다고 하셨다. 본인만큼은 나를 믿는다고 했다. 그러면서 필요한 건 없느냐고 물으시는데 죄송스러워 너스레를 떨었다.

"선생님이 지금처럼 건강하게 잘 지내셨으면 좋겠어요. 그래야 제가 돈 많이 벌면, 선생님 모시고 맛있는 거 많이 먹으러 다니지요."

선생님은 빙긋 웃으면서 짜장면을 마저 드셨다. 그렇게 한참 동안 살아온 이야기, 추억 속 이야기를 나누었다. 이제 슬슬 집으로 돌아가려고 일어섰다. 그러나 선생님의 불편한 다리가 신경 쓰여 걸음이 떨어지지 않았다. 선생님도 오랜만에 반가운 제자를 만나 아쉬운 표정이었다.

"재현아, 조금 더 놀다 가지 않겠니? 아니, 오늘 자고 가거라…."

　사실 친구들과 약속이 있었지만, 마음이 무거워 차마 갈
수 없었다.

　"선생님, 그럼 저녁까지만 조금 더 있다 가겠습니다. 저녁
에 약속이 있어서요."

　양손 가득 사 온 선물을 풀어보며 선생님은 좋아하셨다.
그러다 문득 선생님이 많이 외로우신 건 아닌지, 걱정이 되
었다. 조금만 더 놀다가 가라는 말이 안쓰럽게 들렸다. 하긴
다리가 불편하니, 사람을 만나고 싶어도 못 만나셨을 테다.
그렇다 하더라도 찾아오는 사람이 없는 건 아닐까, 걱정되
었다. 예전에는 다른 제자들이 왕래했던 거로 알고 있는데,
요즘에는 다들 먹고살기 바빠 뜸한 것 같았다. 선생님께서
는 나에게만 잘해주신 것이 아니라, 모든 제자에게 똑같이
사랑을 나누어주셨다. 나만큼 어려운, 아니 나보다 어려운
친구도 도운 적이 있었지만 티 내지 않으셨다.

어느덧 해가 모습을 완전히 감췄다. 이제 정말 돌아갈 시간이 돼 자리에서 일어나려는 순간, 누군가가 문을 두드렸다.

"쾅, 쾅, 쾅…."

나는 현관문 앞으로 가서 누구냐고 물었다.

"옆집인데요…."

50~60대 아주머니의 목소리였다. 문을 열어도 되는지 선생님의 동의를 구하기 위해 고개를 돌렸다. 선생님의 표정이 심상치 않았다. 공포에 질린 듯 상기되어 있었다.

"서… 선생님, 옆집에서 찾아왔는데요. 열어주면 안…?"

말이 끝나기도 전에 선생님은 고개를 저었다. 절대로 열어주지 말라고 하셨다. 이유를 물으니, 아무 말도 하지 않으셨다. 무슨 영문인지 당황스러웠다. 인사를 하고 가려다, 현

관문 밖의 아주머니가 이상한 사람일지도 모른다는 생각이
들었다. 선생님께 나지막이 여쭈었다.

"선생님, 혹시 옆집에 사는 분이 이상한 분인가요?"

선생님은 고개를 끄덕였다. 선생님의 안색이 심하게 창
백해졌다. 걱정되어 경찰이나 구급대원을 부르려고 했다.
그러나 선생님께서는 나의 팔목을 잡으며 괜찮다고 하셨
다. 괜찮아 보이지 않았다. 옆집 아주머니는 계속해서 문을
두드렸다. 문을 두드리는 소리에 신경이 곤두섰다.

"쾅, 쾅, 쾅…."

매우 놀란 것 같은 선생님을 거실에 눕혔다. 옆집 아주머
니라는 사람이 예의도 없이 문을 두드리기에 따지고 싶었
다. 행여나 선생님께 해코지할까 봐, 내가 나서서 해결하고
싶었다. 아주머니는 여전히 문을 두드렸다. 화가 나 문을 벌
컥 열었다. 문밖에는 인상 좋은 아주머니가 서 있었다.

"응? 성태네가 아니네? 댁은 뉘슈?"

고작 그런 거나 물으려고 문을 그토록 두드렸나, 싶어 퉁
명스럽게 대답했다.

"저는 이 집 주인의 제자입니다. 무슨 일인데 그러십니
까?"

아주머니는 미안한지 멋쩍은 미소를 지었다.

"아니, 그게… 이 집 가족들이 여행 간다고 해놓고 오랫
동안 집을 비워놨는데, 사람 소리가 들리는 거예요. 아까 보
니, 문 앞에 배달 그릇도 있고…. 그래서 돌아온 줄 알고 문
을 두드렸어요."

나는 무슨 소리를 하시는 거냐고, 선생님은 이 집에 계속
계셨다고 했다. 선생님이 지금 아주머니 때문에 놀라 누워
계시다니까, 아주머니는 재빨리 거실로 들어왔다. 그러나
좀 전까지 계시던 선생님은 온데간데없었다. 화장실에 가
셨나 싶어 조금만 기다려보라고 했다. 그런데 어이없게도
아주머니가 나를 의심스러운 표정으로 계속 쳐다보는 게
아닌가? 하는 수 없이, 선생님을 모셔오겠다며 기다리라고
했다. 하지만 선생님은 화장실에 계시지 않았다. 안방에 들

어가셨나 싶어 찾았지만 그곳에도 없었다.

"이상하네요. 좀 전까지 계셨는데…."

아주머니는 나를 무섭게 노려봤다. 순간 오싹한 기분이 들어 경직됐다.

"너 누구야?"

아주머니는 부엌에서 칼을 잡아 들며 한 발 물러섰다. 내가 자신을 해칠 거라고 오해하는 것 같았다. 억울한 마음에 도대체 왜 그러시느냐고 물었다. 그러나 의심은 계속됐다.

"너 도둑이야? 여기 어떻게 들어왔어?"

뒷걸음질 치며 오지 말라고 칼을 휘두르는데, 자칫하다 큰일이 날 것 같았다. 아주머니를 안심시키기 위해 이곳에 온 이유를 사실대로 말했다. 신분까지 밝혔다. 서울에서 방송 외주 제작을 했다고 말한 뒤, 이전 회사의 명함과 신분증을 바닥에 내려놓았다. 아주머니는 그것을 주워 한참을 보았다. 그래도 의심이 풀리지 않는지 계속 경계하며 경찰을 부르겠다고 했다. 나 또한 아주머니가 의심스러워 경찰이 와줬으면 했다. 경찰에게 연락을 하고 나서야 의심이 풀린 듯, 아주머니가 다시 물었다.

"정말 수상한 사람 아니에요?"

짜증과 서러움이 폭발해 아니라고 외쳤다. 그제야 아주머니가 조심스레 칼을 내려놓았다.

"사실 6개월 전에 말이에요. 이 집 아들 성태가 구입한 아파트에 중도금을 넣어야 한다면서 성태 엄마가 나한테 1천만 원을 빌려갔어요. 보름 뒤에 준다고 했는데, 어느 날 가족끼리 여행을 간다는 거예요. 이 집 아저씨가 건강이 좋지 않아서 2박 3일 정도 쉬고 온다고 했는데… 6개월이 지나도 오지 않는 거야."

아주머니는 사모님께 빌려준 돈을 받기 위해 필사적으로 문을 두드렸다고 했다. 그렇게 생각하니, 일리가 있었다. 그런데 선생님은 어디 가신 걸까? 나는 계속해서 선생님과 함께 있었다고 주장했다. 아주머니는 내가 말도 안 되는 소리를 하고 있다고 했다.

"이봐 총각, 그럴 리가 없어. 이 집 아저씨, 치매에 걸려서… 가족도 못 알아봐."

나는 무슨 소릴 하는 거냐며 소리를 버럭 질렀다. 그럴 리가 없었다. 서울에 있을 때, 연락이 뜸했지만 분명 새해 인사도 드리고, 답장도 받았다. 아주머니야말로 거짓말을 하는 게 아닐까? 점심에 선생님과 식사도 했는데 말이다. 짜장면을 시켜 먹었던 중국집에 전화를 걸었다. 오후에 배달했던 사람을 바꿔달라고 했다.

"제가 두 사람이 있었는지, 세 사람이 있었는지 어떻게 알아요? 그런데 저도 이상했던 게… 짜장면 한 그릇은 왜 안 드셨어요?"

놀라서 전화기를 떨어트렸다. 잠시 안심했던 아주머니는 나를 더욱더 의심했다.

"거 봐, 이상하잖아. 총각 도대체 누구야?"

3

정신을 차리고 집 안을 둘러봤다. 온갖 먼지들이 집을 뒤
덮고 있었다. 천장 구석에는 거미줄이 한데 엉켜 있었고, 숨
을 들이쉴 때마다 쿰쿰한 냄새가 진동했다. 귀신에 홀린 걸
까? 아니면 정신에 이상이 생겼나? 이런 상황이 되니, 스스
로를 의심할 수밖에 없었다. 도대체 무슨 영문일까? 그 자
리에 주저앉고 말았다. 그런데 주방 옆에 있는 방에서 선생
님이 앓는 것 같은 소리가 들려왔다. 당장 그 방으로 향했
다. 하지만 선생님은 보이지 않았다. 식당에서 쓸 법한 커다
란 냉장고만 돌아가고 있었다. 선생님은 어디로 가신 걸까?
도무지 알 수 없었다. 그때 냉장고 안에서 사람 기침 소리가
났다. 설마, 싶었지만 모든 곳을 찾아볼 수밖에 없었다. 냉
장고 문을 열었다.

"으아아악!"

컴컴한 냉장고 안에는 조금 전 선생님과 똑같은 옷을 입
은 사람이 있었다. 형광등 빛이 허용된 만큼 냉장고, 아니
냉동고 안이 보였는데, 손이 새카맣게 얼어 있었다. 냉동고
문을 활짝 열었다. 마음의 준비를 해선지 그렇게 놀라지는

않았다. 갑자기 뜨거운 눈물이 흘렀다. 의문과 분노가 교차되었고, 이내 슬픔이 모든 걸 지배했다. 냉동고 속 선생님의 얼굴은 새파랗게 질려 있었지만, 여느 때보다 활짝 웃고 계셨다. 그 모습의 의미를 그땐 몰랐다. 비명을 듣고 달려온 아주머니가 그 광경을 보고 놀라 쓰러졌다. 경찰이 왔고, 나는 용의자로 지목되어 경찰서에 갈 수밖에 없었다.

서울에서 회사와 병원을 다녔던 각종 기록과 증거로 내가 선생님을 살해했다는 혐의는 벗었다. 다만, 그날 내가 선생님과 식사를 하고 담소를 나누었다는 건 믿지 않았다. 그 때문에 며칠 동안 용의 선상에 있었다.

시간이 꽤 지나 범인이 잡혔다고 연락이 왔다.

은퇴 후 자신의 모든 재산을 어려운 학생들에게 환원했던 선생님, 밥 굶는 학생 없는 세상, 아이들의 꿈이 이루어지는 세상이 만들어지길 원했던 선생님, 그래서 가족들에게는 고작 집 한 채밖에 물려주지 못한 선생님이었다. 그러나 가족인 사모님과 아들 성태는 그것을 못마땅하게 생각했다.

그러던 어느 날, 선생님이 동네에서 길을 잃는 사건이 있었다. 한 번도 그런 적이 없었기에 불안함을 느낀 선생님은 당장 병원으로 향했다. 불길한 예감은 빗나가지 않았다. 치매 진단을 받은 것이다. 그 후 증상이 걷잡을 수 없이 심해졌는데, 하필이면 내가 바쁘다는 핑계로 연락을 못 드린 뒤였다. 시간이 지날수록 머릿속에 있는 사상, 지식, 추억, 고민 등이 어딘가로 사라졌다. 본인이 교사였던 사실조차 기억하지 못할 때쯤엔 가족들도 지쳐 있었다. 사모님과 성태가 치매에 걸린 선생님을 앞에 두고 해서는 안 되는 이야기를 하고 만 것이다.

"엄마, 저 인간 말이야. 사고사로 위장시켜서 죽여버리면 보험금 좀 받지 않을까?"

사모님은 선생님이 들을 수도 있다며, 조용히 하라고 눈치를 줬다. 그러거나 말거나, 성태는 치매 걸린 노인이 뭘 알겠느냐며 패륜적인 언행을 멈추지 않았다. 그런데 순간, 성태의 빰에서 찰싹 하는 소리가 울려 퍼졌다. 선생님의 정신이 돌아온 것이었다. 그런 자식을 야단치는 선생님의 마음은 찢어졌을 것이다. 제자들 인간 만든답시고, 아들의 인간됨은 챙기지 못했다는 생각에 고통스러워하셨을 것이다.

하지만 성태는 잘못을 인정하기는커녕 해준 것이 뭐가 있느냐며 대들기 시작했다.

"왜 때려? 당신이 나한테 뭘 해줬다고 때려? 고작 집 한 채 물려주고 생색은…."

사모님도 아들 뒤에서 거들었다.

"일생을 검소하게 살았어. 그런데 노년에 그 큰돈을 얼굴도 모르는 애새끼들한테 줘? 거기다 치매까지 걸려서는…."

가족의 본모습을 그제야 알게 된 선생님은 모든 것이 무너져 내렸다. 하지만 죽기 전에라도 아들을 인간답게 만들고 싶었던지라, 손바닥으로 뺨을 또 내려쳤다. 하지만 성태는 맞아도 인간이 못 될 사람이었나 보다. 녀석은 주먹으로 아버지의 얼굴을 가격했다. 아들에게 얼굴만 맞았겠는가, 마음도 사분오열 찢어졌을 것이다. 선생님은 결국 스스로를 비관하여 근처에 있던 헝겊으로 목을 졸랐다. 말릴 틈도 없이 순식간에 벌어진 일이었다. 선생님은 그렇게 눈을 감으셨다.

성태는 누가 봐도 살인범으로 몰릴 위기였다. '치매에 걸린 아버지를 살해한 패륜아'라는 타이틀로 언론에 기사도 날 것이다. 그래서 일단 아버지를 냉동고에 넣어두고 처리할 방법을 모색했다. 경찰 조사에서는 얼린 시체를 토막 내서 서서히 처리할 생각이었는데, 부인이 임신을 해 미국으로 돌아갔다고 했다. 사모님도 며느리를 돌보기 위해 함께 가려 했다. 그러나 수중에 돈이 없었기에 옆집 아주머니에게 1천만 원을 빌렸다. 그렇게 도망치듯 여행을 다녀온다며 아들네가 있는 미국으로 갔다. 선생님은 차디찬 냉동고에 6개월이 넘도록 혼자 계셨다. 시간이 지나 생각하니, 선생님의 시체를 그렇게 처리할 필요까지는 없었다. 자신들만 미국에 얌전히 있으면 아무 문제도 생기지 않을 것이었다.

　부검 결과가 나왔다. 사인은 헝겊으로 인한 질식사가 아닌, 저체온증으로 인한 사망이었다. 선생님은 목을 매 돌아가신 것이 아니었다. 냉동고에 있는 동안 추위에 떨면서 돌아가신 것이다. 선생님은 차갑고 추운 상자 속에서 뭐가 좋아 웃고 계셨던 걸까? 다리에서 골절된 부분이 발견됐다. 경찰은 다리가 삐져나온 상태에서 냉동고 문을 세게 닫았기 때문인 것 같다고 했다.

충격적인 상황에 구토가 나올 것 같았다. 눈물은 더 이상 흐르지 않았다. 냉동고에서 주검으로 발견된 선생님을 보며 혹시나 했던 일이 모두 현실로 일어나버렸다. 사모님과 성태를 보면서 복잡한 감정이 들었지만, 아무 말도 하지 않았다. 그들도 나에게 할 말이 없었을 것이다. 가족들에게 내가 상주가 되겠다고 말한 뒤, 고등학교 동창들에게 선생님의 소식을 전했다. 선생님께서 근무했던 학교에도 연락을 했다.

장례식장에는 엄청나게 많은 사람들이 왔다. 선생님의 첫 제자부터 모교의 선후배, 그리고 선생님이 근무하셨던 다른 학교의 졸업생까지 줄을 지었다. 그들을 보며 선생님은 절대 실패한 인생을 살지 않으셨다고 생각했다. 문득 정신을 차려보니, 나를 비롯한 100여 명의 제자들이 상주가 되어 조문객을 받고 있었다.

잠깐 자리를 비워도 되겠다는 생각에 담배를 피우러 나갔다. 담배에 불을 붙이며 다시 한번 그날의 일을 정리했다. 첫째, 나에게 전화를 건 사람은 선생님이었을까? 둘째, 선생님과의 만남은 진짜였을까? 셋째, 선생님은 왜 옆집 아주머니가 왔을 때 두려워했을까?

첫 번째 의문에 대해 정리하자면, 수화기 너머의 목소리는 선생님이 분명했다. 그러나 통화 기록이 사라졌기 때문에 증명할 방법은 없다. 이것 때문에 경찰서에서 애를 먹었다. 하지만 통화한 것은 사실이기에, 내가 선생님 댁으로 놀러 간 것이다.

두 번째, 선생님과의 만남 또한 진짜일지도 모른다고 생각한다. 선생님과의 대화가 뚜렷하게 기억이 나는데, 아들 내외와 사모님이 미국에 있다는 사실은 선생님께 처음 들었다. 내가 전혀 모르던 사실이었으니 말이다. 그렇다면 나는 선생님의 영혼과 만난 것일까? 그렇게까지 나를 보고 싶어 하셨다니…. 더 놀다 가라던 선생님의 말이 머릿속에서 떠나지 않는다.

만약, 앞의 두 답이 맞다고 가정해보면, 세 번째 의문의 답도 추측할 수 있다. 선생님께서 아주머니의 등장을 왜 두려워했는지 알 것 같다. 사모님이 옆집 아주머니에게 1천만 원을 빌리지 않았더라면, 이 사건은 살인 사건임에도 불구하고 꽤 오랫동안 밝혀지지 않았을 가능성이 크다. 완전 범죄도 가능했을 것이다. 아주머니는 1천만 원을 받기 위해 매일같이 문을 두드렸고, 어느 날 내가 선생님 집에 놀러 온 것이다. 나와 아주머니가 만나면 성태와 사모님이 저지른 일이 세상에 알려질 수밖에 없었다. 선생님이 문을 열어주지 말라는 이유는 그 때문이었던 것 같다. 선생님은 성태와 사모님의 완전 범죄를 원하셨던 걸까?

한 가지 잊을 수 없는 것은 냉동고에서 발견된 선생님의 미소다. 나와 지냈던 시간들을 회상하다 돌아가신 게 아닐까, 그래서 나에게 연락하신 게 아닐까?

악마를 믿습니까

1

　예전에 말이다. 우리 동네에 '땡심이'라는 알코올중독자 아저씨가 살았다. 나이는 마흔 중반 정도로 기계에서 나오는 오물을 제거해주는 일을 했다. 평소에는 따뜻하고 다정하며 아들밖에 모르는 사람이었다. 하지만 그런 날은 가뭄에 콩 나듯 드물었다. 술에 빠져 살았기 때문이다. 아저씨는 술이 들어가면 못 말렸다. 코가 비뚤어질 때까지 멈출 줄을 모르고 마셨다. 그렇게 취기가 머리끝까지 올라오면 집 안에 있는 모든 물건을 때려 부쉈다. 때로는 하나뿐인 아들에게도 폭행을 휘둘렀다. 참다못한 아내는 집 떠난 지 오래고, 단둘이 사는 부자의 집은 조용할 날이 없었다.

나는 땡심이 아저씨 아들과 친했다. 그의 아들은 나보다 두 살 많은 형으로 심성이 착하고 마음이 따뜻했다. 그러나 아버지의 폭력이 휩쓸고 지나가면, 어김없이 집 밖에서 공포에 떨며 눈물을 흘리곤 했다. 그런 형이 불쌍했던 부모님은 아저씨가 술을 마시면 우리 집으로 오라고 했다.

그러던 어느 날이었다. 형이 새파랗게 질려 우리 집 현관문을 마구 두드렸다. 문을 열어주었을 때, 형은 이성을 잃은 채 벌벌 떨고 있었다. 겁에 질린 목소리로 아버지에게 말했다.

"아… 아저… 씨… 우리 아버지가 많이 이상해요…."

"성민아, 무슨 일이고?"

형의 얼굴이 심하게 상기되었다.

"아… 아버지가… 집에 아무도 없는데… 옆에 누가 있는 것처럼 대화를 하면서 술을 마셔요."

땡심이 아저씨는 원래 혼자서 술을 마신다. 그러다가 어느 순간 취기가 오르면 감정이 폭발해서 집안 이곳저곳을 때려 부순다. 그런데 그날은 혼자서 연극을 하는 것처럼 컵 두 개를 앞에 두고 주거니 받거니, 대화까지 나누며 술을 마셨다고 했다. 더욱 이상한 것은 술만 마시면 난폭해지는 사람이 그날따라 매우 온순하고 상냥했다. 그래서 형은 평소와 다른 아버지를 보며 안도했다.

"성민아, 이리 좀 와봐라."

"네…?"

"이 새끼야, 어서 인사드려라. 여기 이분은 앞으로 아버지를 도와주실 선생님이셔."

하지만 형의 눈에는 아무것도 보이지 않았다. 방에는 형과 아저씨 둘뿐이었다.

"아… 아버지… 아무도 없는데요. 누가 있단 말이에요?"

그러자 땡심이 아저씨가 형을 무섭게 노려봤다.

"뭐 이 새끼야? 지금 장난하는 거로 보이냐? 이 선생님께서 아버지를 도와주려고 먼 길을 오셨는데… 너란 새끼는 아들이 돼서 뭐가 어째? 귀인을 못 알아봐? 새끼야, 정신 차려!"

땡심이 아저씨는 형의 뺨을 후려쳤다. 뺨을 감싸며 그런 아버지의 얼굴을 훔쳐보는 순간, 이상해 보였다. 눈이 빨갛게 충혈되고 안색이 누런 것이 좋지 않아 보였다. 아저씨는 다시 허공에 대고 누군가와 이야기를 했다.

"선생님, 우리 아들이 아직 어려 가지고… 고마 너그럽게 봐주이소. 제 술 한 잔 더 받으시고요."

아버지의 평소와 다른 말투와 행동에 멘털이 붕괴된 형이 알 수 없는 무서움을 느껴 우리 집으로 달려온 것이다. 형의 이야기를 들은 아버지도 뭔가 탐탁지 않아서 동네 아저씨들을 불러 땡심이 아저씨를 설득하러 갔다.

2

"성민이 아버지… 계십니까?"

"아이고… 우리 집에는 웬일로 오셨습니까? 오늘 귀한 손님들이 많이 오시네. 잘 오셨습니다. 제가 여러분들께 소개해드릴 분이 계신데요. 어서들 들어오세요, 허허….'

아버지와 동네 사람들은 일단 집 안으로 들어갔다. 형의 말대로 집에는 땡심이 아저씨 혼자였다. 아저씨는 허공에 대고 동네 사람들에게 있지도 않은 누군가를 소개시켰다.

"이분으로 말할 것 같으면 말입니다. 저를 도와주려고 먼 길을 힘들게 찾아오신 분입니다. 요 앞에 소주 사러 가는 길목에서 저를 기다리고 계시더라고요."

사람들은 그런 땡심이 아저씨를 미친 사람 취급했다.

"참나, 성민이 아버지… 제발 정신 좀 차립시다. 술을 곱게 드셨으면, 곱게 주무셔야지요. 성민이가 얼마나 무서워하는 줄 아십니까?"

동네에서 부동산을 하는 홍 씨가 쐐기를 박았다.

"보소, 술 그만 먹고 빨리 잠이나 자소. 지금 술 먹고 이기 뭐 하는 짓이라? 아무도 없구만 정신이 나갔나? 이러니까 성민 엄마가 도망간 거 아이가?"

바로 그때, 땡심이 아저씨가 버럭 화를 내며 소주병을 벽에 던졌다. 쾅 하는 소리와 함께 소주병 파편이 튀었다.

"야 이 새끼야, 그만해. 여기 선생님께서 너희 때문에 심기가 불편하시다자나?"

땡심이 아저씨는 아무도 없는 공간에 대고 고개를 굽실거리며 사과했다.

"어이쿠, 선생님… 정말 죄송합니다. 이 양반들이 뭘 몰라서 그렇습니다. 너그럽게 이해해주십시오."

부동산 홍 씨는 자신의 말이 씨도 먹히지 않자 더욱 흥분하며 땡심이 아저씨를 몰아세웠다.

"새끼야, 지금 뭐 하는 거고? 느그 마누라가 참말로 불쌍하다. 이보소들, 이 자슥 상대하지 말고 고마 가입시더."

땡심이 아저씨는 누군가와 이야기를 하는 듯하다가, 갑자기 마구 웃기 시작했다. 동네 사람들은 아저씨를 미친 사람 취급하며 집 밖으로 나가려고 했다.

"이봐요, 홍 씨… 여기 선생님이 그러시는데… 자네 마누라 말이야, 앞집 대학생 놈이랑 바람이 났다고 하네?"

그 자리에 있던 사람들은 말을 함부로 한다며 수군댔다.

"마, 니… 미… 미쳤나? 어디 남에 가정에 그런 막말을 하노?"

그 자리에서 싸울 뻔한 것을 아버지와 동네 사람들이 말렸다. 그런데 갑자기 커다란 베란다 유리창이 퍽 하는 소리와 함께 깨져버렸다. 소리가 상당히 컸기 때문에 싸우던 사람과 말리는 사람들 모두가 유리창 쪽을 응시했다. 땡심이 아저씨는 서럽게 눈물을 흘리다 통곡을 하기 시작했다.

"아이고, 선생님…. 당신들 때문에 선생님이 노해서 가셨
잖아? 나는 이제 어떻게 살라고…."

동네 사람들은 그런 아저씨가 감당이 될 것 같지 않아 집
으로 돌아갔다.

3

그리고 며칠 뒤, 마을에는 두 가지 비극이 일어났다. 하나
는 부동산 홍 씨가 이혼을 한 사건이었다. 땡심이 아저씨의
말을 듣고 뭔가 찜찜했던 홍 씨는 모두 알고 있다며 앞집 대
학생을 슬며시 떠보았다. 그런데 아니나 다를까. 홍 씨가 눈
치챈 줄 알았던 대학생은 모든 사실을 실토했다. 결국 홍 씨
는 이혼을 하고 동네 사람들 보기 부끄러워 이사를 갔다. 다
른 하나는 땡심이 아저씨가 스스로 목숨을 끊은 일이다. 유
서에는 이렇게 적혀 있었다.

"사랑하는 아들 성민아. 아버지는 술주정뱅이라서 할 수
있는 일이 없구나. 그래서 영혼이라도 팔아 너 하나 잘되

게 하려 했지만 기회는 모두 날아갔다. 술을 사러 가는 그 날, 나는 직감적으로 그 양반이 악마라는 것을 알았다. 그는 말했다. 시키는 대로만 하면 너의 미래는 보장해준다고 말이지. (…) 나는 그분의 놀라운 힘을 보았다. 옛날에 어떤 일이 있었고, 앞으로 어떤 일이 일어날지 모두 다 알고 있었어. 그래서 나는 그에게 영혼을 팔려고 했단다. 하지만 어리석었어…. 간만 보고 그렇게 떠나갈 것을…. 만약 니 앞에 다시 나타난다면 이 아비처럼 영혼을 팔려고 하지 말아라. 이 못난 아비는 더 이상 희망이 보이지 않아 생을 마감한다…."

두려움을 먹는 귀신

1

여덟 살 소년의 성장통은 공포로 가득 차 있었다. 아버지와 어머니는 매일같이 성격 차이로 다투었다. 두 사람은 서로에게 분노했다. 물건이 부서지는 소리, 분노가 뒤섞인 욕설, 그것을 들을 때마다 가슴에서 울려 퍼지는 쿵쾅거림 때문에 동심과 정서 같은 것은 무참히 부서졌다.

참다못해 둘의 싸움을 말려보려고 112에 전화를 걸었다. 순경 몇이 찾아와 현관문을 두드렸고 둘은 이야기를 하다가 언성이 높아진 거라며 사과했다. 그렇게 순경을 보내고 기분 좋게 마무리되는 줄 알았다. 하지만 표정이 싹 바뀐 아버지는 나의 뺨을 인정사정없이 내려쳤다. 부모를 신고하는 자식이 세상에 어디 있느냐며 온갖 욕설을 퍼부었다. 어머니는 냉소적인 표정을 짓고는 도움도 안 되는 짓을 했다며 어두운 방 안으로 나를 밀어 넣었다. 잠깐 동안 조용했지만 다시 전쟁이 시작되었다.

그런 밤을 보내고 아침을 맞으면 늘 몽롱했다. 학교에서 배우는 것들이 의미 없게 여겨졌고 학습 능력은 자연스레 떨어졌다. 하필이면 담임선생님도 마녀 같아서 준비물이라도 챙겨오지 않는 날이면 면박 주기 일쑤였다. 새빨간 매니큐어가 발린 손톱으로 나의 허벅지나 옆구리를 어찌나 세게 꼬집는지, 1분도 안 되는 시간이지만 지옥 같았다. 그 사람에게 나 같은 아이는 싹수가 노란 문제아였다.

하교 시간이 다가오면 조마조마해졌다. 집에 가고 싶지 않았다. 어제는 부모님이 심하게 다퉈 발걸음도 집으로 가는 길을 허락하지 않았다. 몇 번의 고민 끝에, 집 반대편으로 무작정 걸었다. 굽은 길이 나오면 굽은 길로 걸었고 오르막길이 나오면 쉬지 않고 올랐다. 용케도 언덕 꼭대기까지 당도했다. 그곳에서 한 폐허를 마주했다. 허물어진 집이 태반이었고 사방에 콘크리트 더미와 철근 들이 버려져 있었다. 길을 잘못 들었다는 생각에 다시 돌아가려 했다. 하지만 언덕 아래를 보자 마음이 편해졌다. 온 동네가 한눈에 보였다. 이렇게 보면 세상은 참으로 아름답고 신비한 곳인데 왜 그 속에 있는 우리 집은 매일같이 폭력이 난무하는지 이해되지 않았다. 한참을 멍하니 동네를 구경하다 하늘에서 떨어지는 비 몇 방울을 맞았다. 우산이 없어 당황하며 서둘러 언덕을 내려가려 했다. 그런데 내려가는 길 한복판에 누군가가 서 있었다. 서너 살 정도로 보이는 여자아이가 검은 옷을 입고 고개를 숙이고 있었다. 걱정스러운 마음에 비를 막아주려고 책가방을 아이 머리 위로 올렸다. 주변을 두리번거리며 아이의 부모님을 찾았으나, 아무도 없었다.

비는 더욱 거세게 내렸다. 아이에게 부모님이 어디 계시느냐고 물었지만 고개만 숙일 뿐 말이 없었다. 제발 아무나 지나가길 바랐다. 그러나 이상하게 아무도 없었다. 폐건물에 들어가 있자며 아이의 팔을 당겼지만 꿈쩍도 하지 않았다.

"야, 이러다가 감기 걸린디···. 빨리 들어가자."

아이는 여전히 아무 말도 하지 않았다. 한참을 바라보다 문득 얼굴이 궁금해서 눈을 마주치려 했다. 그런데 아이가 피식피식 웃으며 어깨를 들썩이는 것이었다.

 "오빠야, 내 얼굴이 그리 궁금하나?"

 서늘한 목소리에 깜짝 놀라서 뒷걸음질 쳤다. 아이는 그런 모습이 우스꽝스러운지 고개를 숙인 채로 웃어댔다. 그런데 아이의 웃음소리가 참으로 괴이했다. 남자와 여자의 목소리가 섞인 듯했고, 그럼에도 불구하고 몹시 낯이 익어 불안했다. 아이는 히죽히죽 웃으며 서서히 고개를 들었다. 아이의 얼굴을 본 순간, 너무 깜짝 놀랐다. 아이는 매일 어머니와 싸우고 나에게 폭력과 욕설을 일삼던 아버지의 얼굴을 하고 있었다. 아이의 몸에는 어울리지 않는 아버지의 얼굴이 나를 보며 싱긋 웃었다. 전갈의 독에 급소를 찔린 먹이처럼 움직일 수 없었다.

 "야이 씨… 부모를 경찰에 신고하는 자식새끼가 어디 있어? 낄낄낄낄…."

 아이는 목을 쭉 빼며 아버지의 얼굴을 나에게 가까이 댔다. 비에 젖은 긴 머리카락 사이로 보이는 아버지의 얼굴은 평소 나를 때릴 때처럼 인상을 찌푸렸다. 도망치고 싶었지만 자갈밭이 늪처럼 발을 놓아주지 않았다. 책가방도 던 져놓고 엉금엉금 기어가려 애를 썼다.

"야이 씨… 부모를 경찰에 신고하는 자식새끼가 어디 있 느냔 말이야. 이 조그만 새끼가 콱 죽을라고? 인마, 일로 와, 안 와? 낄낄낄낄…."

목소리도 소름 끼치도록 아버지와 똑같았다. 자갈밭을 포복하듯 기었지만 조금도 나아가지 못했다. 아버지의 목 소리는 점점 커졌다. 두려움에 귀를 막고 눈을 감았다. 더 욱 빨리 벗어나기 위해 발버둥을 쳤다. 그러나 그것의 손 이 나의 발목을 턱 하고 붙잡았다. 놀란 마음에 뒤를 돌아 봤다. 조금 전까지 어린아이였는데 키와 덩치가 나보다 커 져 있었다. 여전히 그것은 아버지의 얼굴을 하고 있었고 눈 이 마주치자 일부러 겁을 주려는 듯 무서운 표정을 지었 다. 그것의 표정이 숨통이 막힐 만큼 무서워서 울음을 터트 렸다. 서러움에 돌멩이들을 집어 힘껏 던졌다. 그중에 꽤 큰 돌멩이가 그것의 이마에 정통으로 맞았다. 이마에서 검은 피가 쏟아졌고 엄청 고통스러운지 울부짖었다. 미약하지만 다시 한번 용기를 내 큰 돌멩이를 녀석의 머리에 던졌다. 정 확하게 머리에 맞자, 요란한 울음소리를 낸 뒤 겁을 먹었는지 수그러들었다. 나는 재빨리 일어나서 뒤도 돌아보지 않고 내리막을 달렸다.

"으아악… 감히 어린놈의 새끼가 버릇없이 아버지를 돌로 찍어? 오늘 네놈 가만히 안 둔다… 콱 지기뻔다."

뒤에서 녀석이 아버지를 흉내 내는 소리가 들렸다. 검은색 피를 철철 흘리며 비 오는 내리막으로 나를 쫓아왔다. 헐레벌떡 뛰어 내려와서 곧장 큰길을 향해 달렸다. 다행히 거리에는 사람들 몇몇이 지나다녔다. 안도의 한숨을 쉬며 가장 먼저 마주친 사람에게 말했다.

"저… 저기 아주머니, 저… 저기에 누가 저를 쫓아와요. 이… 이상한 사람이 저를 계… 계속 쫓아와요, 무서워요…."

다급한 마음에 손가락으로 그것을 마구 가리켰다. 하지만 아무것도 없었다. 아주머니는 걱정스러운 마음에 혹시나 싶어 내가 손짓하는 곳으로 천천히 다가갔다. 그리고 트럭 뒤편에서 멈췄다. 한동안 그곳을 응시했다. 고개를 갸우뚱하더니 트럭 뒤로 들어갔다.

"까아악!"

뭘 보았는지 모르겠지만 아주머니는 겁에 질린 표정으로 비명을 질렀다. 우산도 버리고 질색을 하며 도망갔다. 느낌이 좋지 않았다. 도움을 청하려고 했더니, 지나가는 사람이 하나도 없었다. 무작정 앞을 향해 달렸다. 녀석이 뒤에서 따라오는 것이 느껴졌다. 필사적으로 팔을 흔들었고 발을 굴렀다. 하지만 멈출 수밖에 없었다. 뒤에서 어머니의 목소리가 들렸기 때문이었다.

"도영이 너 이 새끼, 니가 어떻게 그럴 수 있어? 맨날 엄마 말도 안 듣는 새끼가 말이야…. 쌍놈의 새끼야, 거기 안 서? 너 거기 안 서면 엄마 죽어버릴 거야. 엄마 죽는 꼴 볼래?"

돌아보고 싶지 않았지만 어머니의 위태로운 어조에 고개를 돌리고 말았다. 곧 후회했다. 녀석에게 속은 것이었다. 녀석은 상상도 할 수 없을 만큼 거대해져 있었다. 어머니의 얼굴을 하고 미친 듯이 비웃고 있었다. 순식간에 다가온 녀석은 어머니처럼 눈살을 찌푸리며 혀를 찼다.

"쯧쯧쯧쯧… 쓸모없는 새끼…. 어째 사는 데 도움도 안되니? 너 같은 게 태어나서 짜증 나…. 낄낄낄… 그냥 너랑 나랑 같이 죽자…. 낄낄낄… 아니, 너만 죽을래? 낄낄낄….

평소 어머니가 아버지와 다투고 나면 나에게 늘 이렇게 말했다. 그것이 희롱하는 줄도 모르고 하염없이 눈물만 흘렸다. 녀석은 내가 두려움과 공포심을 느낄 때마다 몸집이 커지는 것 같았다. 처음에는 서너 살 정도의 여자아이였지만 어느덧 농구선수처럼 거대해져서 도망가기도 어려웠다. 그것은 끊임없이 겁을 줬다. 자신의 얼굴을 바꾸어가며 아버지와 어머니가 다투는 모습을 재연했고 그토록 싫어하던 담임선생님의 얼굴로 변해서 면박을 주기도 했다.

"이 쓰레기 새끼야! 낄낄낄… 아주 너 같은 새끼는 글러 먹었어. 크면 뻔하지…. 낄낄낄… 차라리 죽어버려라, 죽어버려!"

담임선생님이었던 얼굴이 다시 고양이처럼 변했다. 사람의 얼굴과 뒤섞인 얼굴은 흉측했고 요괴처럼 보였다.

"낄낄낄… 가정교육도 제대로 못 받은 새끼가 학교에서

뭘 배우냐? 떡잎부터 노란 쓰레기 새끼… 그냥 죽어라. 아니 이 몸이 죽여줄까? 낄낄낄….”

그것은 날카로운 손톱을 내밀고 나에게 덤벼들었다. 요망한 것이 가슴팍에 손톱을 들이밀자, 나는 기절해버렸다. 이후 아무것도 기억나지 않았다….

2

정신이 들었을 때는, 좁은 사무실의 낡은 소파에 누워 있었다. 누구의 것인지 모르겠지만 옷도 갈아입혀져 있었고 무엇보다 따뜻한 군용 담요가 몸을 덮어주었다.

“오, 일어났나? 아픈 데는 없고?”

신문을 보던 60대 노인이 안경을 콧등까지 내리고 나에게 말했다. 노인은 정신 없이 두리번거리는 나에게 따뜻한 코코아 한 잔을 건네주었다.

“걱정 말아라, 여기는 갱비실이다, 갱비실…. 큰일 날 뻔했

데이, 비 오는데 길에 쓰러져 있어서 깜짝 놀랐다 아이가?"

낯선 곳이었지만 노인의 친절함 때문인지 불편하지 않았다. 자고 일어나서 그런지, 부끄러움 때문인지 목소리가 나오지 않았다. 노인은 누군가를 기다리는 듯 창밖을 바라봤다.

"타다다닥… 철커덩."

경박스러운 발걸음 소리가 나더니 이내 경비실 문이 열렸다.

"할배, 빵이랑 과자 사 왔다."

나는 눈이 휘둥그레졌다. 생각지도 못한 곳에서 같은 반 친구인 원일을 만날 줄이야…. 사실 친구라고 하기도 뭣한 게 녀석도 나 같은 아웃사이더라서 함께 놀지 않았다. 나와 다른 점이 있다면 싸움을 잘해서 아이들에게 괴롭힘을 당하지 않았고, 마귀 같은 선생님도 녀석의 저돌적인 성격에는 혀를 내둘렀다.

"여어, 또영이… 몸은 좀 괜찮나? 아나, 빵이랑 우유 묵으라."

그날 알게 되었지만 노인은 원일의 할아버지로, 본인이 사는 아파트에서 경비 일을 하고 있었다. 할아버지는 나를 매우 따뜻하게 대해주셨다. 사람대우를 받아본 게 얼마 만인지, 기분이 이상했다. 그렇게 빵과 우유를 허겁지겁 먹다가 시계를 보니 오후 다섯 시였다. 순간 엄마 생각이 났다. 엄마에게 혼날 것 같아서 재빨리 일어나 인사를 하고 나가려는데 할아버지와 원일이 내 팔을 붙잡았다.

"에헤이, 에헤이, 으데 가노 또영이? 와 이리 급하노? 요오 앉아봐라, 앉아봐…."

원일은 할아버지 같은 말투로 이렇게 늦게 집에 가면 분명 어머니께 혼날 것이라고 했다. 할아버지가 우리 집에 전화를 해준다며 집 전화번호를 가르쳐달라고 했다. 번호를 알려주자 할아버지는 바로 우리 집에 전화를 걸었다.

"네… 안녕하세요. 저는 도영이랑 같은 반 친구 원일이 할아비입니다. 다름이 아이고… 도영이가 마 정신없이 놀다 집에 전화도 못 드렸네요. 걱정하실까 봐 전화 드립니다. 도영이는 저녁까지 먹여서 보내겠습니다. 정 걱정이 되시면 문화아파트 3동 209호입니다. 한번 오시지요."

이미 많이 늦었는데 저녁까지 먹여서 보내겠다니 당황스러웠다. 무엇보다 집에서 허락할 리가 없는데 흔쾌히 허락까지 받으셨다니 놀라웠다. 그러면서도 둘이 싸우느라 나 같은 건 안중에도 없는 건 아닌지 걱정됐다. 할아버지는 수화기를 내려놓으며 조심스럽게 나에게 물었다.

"도영아, 혹시… 여기 오기 전에 기억나나? 그… 시커먼 거… 말이다."

할아버지의 말을 듣는 순간 당황하고 말았다. 잠깐의 편안함 때문에 좀 전에 겪었던 일을 잊고 있었다. 조금 전의 무서웠던 일들이 연기처럼 떠올랐다. 검은 옷을 입은 그것이 아버지와 어머니의 얼굴로 나를 혼내고, 담임선생님의 얼굴로 나를 조롱하던 것을 잊을 수 없었다. 나도 모르게 온몸이 부르르 떨리며 불안함이 밀려왔다. 할아버지는 괜찮다며 토닥여주셨다.

"도영아, 세상에는 사람이나 동물, 식물만 사는 게 아이데 이. 믿을 수 없는 존재들이 곳곳에 있어요. 예를 들자면 도깨비나 귀신 같은 것도 있기 마련이고 말이야. 그러니까 때론 사람을 해치는 나쁜 것들도 있고…. 그중에서 아주 영악한 것들은 사람의 두려움을 먹고 자라기도 하는데… 사람의 약한 마음을 이용해 목숨을 앗아가기도 하는 기라."

어렸지만 할아버지의 말을 어렴풋이 이해할 수 있었다. 나 또한 도망치면서 그것이 사람이 아니라는 것을 깨달았다. 할아버지는 그것을 '그슨대'라고 불렀다.

"이 동네가 예전에 화장터 자리였는데, 그래 그런가 다른 동네보다 귀신들이 쪼매 많다. 화장터로 들어가는 시신 전부가 순리대로 죽었더라면 좋았겠지만 그럴 수 없는 사정도 생기는 법이지…. 그중에 몇몇은 원혼이 되기도 하고 악귀가 되기도 한다. 특히 그슨대라도 되면 큰일인 기다. 그것들은 끝끝내 사람 목숨을 끊어놔야 직성이 풀린데이."

그슨대라는 것은 살아생전에 조직폭력배나 연쇄살인범처럼 누군가를 고의적으로 해친 자들이 죽어서 될 가능성이 높다고 했다. 할아버지는 그슨대에 대해 매우 자세하게 아는 듯했다. 요즘 세상에 귀신이 어디 있느냐고들 하지만, 직접 겪어본 나로서는 할아버지의 말이 진실 같았다.

"원일아, 니는 집에 할매 보고 오늘 귀신 잡는다고 도목검桃木劍 꺼내고 부적 쓰게 준비 좀 하라고 전해라. 그라고 오늘 저녁은 통닭 한 마리 묵자. 배부르게 잘 먹어야 든든하지…."

원일은 통닭이라는 말에 신이 나서 뛰쳐나갔다. 겁에 잔뜩 질린 나에게 할아버지는 조금만 기다렸다가 자신과 함께 나가자고 했다. 할아버지는 자리에 앉아 조그마한 책을 꺼내더니 뭔가를 찾았다. 그러더니 한숨을 쉬면서 책을 덮고 주문 같은 것을 외웠다. 말을 걸면 실례일 것 같아서 조용히 지켜보기만 했다.

"도영아… 그슨대는 오늘 밤 니를 찾아올 거다…. 그래서 니를 집에 못 보낸 기다…. 할배를 이해할 수 없겠지만 어쩔 수 없다고 생각해라."

3

할아버지께 모든 이야기를 듣게 되었다. 할아버지는 그 날도 어김없이 아파트 주위를 청소하고 있었다. 그런데 한 아주머니가 겁에 질려 살려달라며 온 동네를 시끄럽게 하는 것이었다. 죽은 시어머니가 나타나 자신을 죽이려 한다고 했다. 그녀의 눈을 보니 귀신에게 홀린 것 같아 할아버지는 일단 진정을 시켰다.

"보소, 아지매요. 죽은 시어머니를 어데서 봤습니까?"

아주머니는 손을 벌벌 떨면서 담벼락 뒤를 가리켰다. 나를 도와주려고 했던 아주머니가 틀림없었다. 나의 말을 듣고 트럭 뒤편으로 갔다가 그것이 구석에서 시어머니의 얼굴로 위협했을 것이다. 녀석이 그녀의 공포를 먹고 덩치가 커진 것이다. 할아버지는 불안한 마음에 담벼락 뒤로 뛰어갔다. 그때 2미터가 훌쩍 넘는 시커먼 무언가가 나를 해치려고 달려들었다. 소스라치게 놀란 할아버지는 평소에 가지고 다니던 악귀 쫓는 부적에 불을 붙여 그믐대에게 휘둘렀다. 비가 많이 내려 불이 제대로 붙지 않아 부적이 제 기능을 못 했지만 그것에게는 충분한 위협이 되었다. 조금만 늦었어도 그것이 나를 해쳤을 것이다. 나는 기절했지만 다친 곳은 없었다. 그슨대는 한동안 할아버지를 노려보더니 빠른 속도로 언덕을 올라갔다. 나를 경비실로 데려온 할아버지는 손자인 원일을 시켜서 입을 옷을 가져오라고 했는데, 거기서 나와 원일이 마주친 것이었다.

"도영아, 할배 말 잘 들으레이. 그슨대는 이 할배가 잡아주거나, 없애줄 수가 없다. 그슨대는 홀린 사람 스스로가 두려움을 이겨내서 없애는 수밖에 없데이…. 도영이 니가 그 귀신을 잡아야 해…. 그래야 그것이 앞으로도 니 앞에 영영 나타나지 않을 기다…. 이 할배가 도와줄 테니 시키는 대로 해야 한다. 할 수 있겠제?"

선뜻 답하지 못했다. 매우 무서웠다. 그것을 또 봐야 하는 현실이 가혹했다. 하지만 내가 살 수 있는 방법은 그것밖에 없다고 했다. 하기 싫어도 해야만 했다. 할아버지는 나의 두 어깨를 잡고 눈을 마주쳤다.

"도영아, 꼭 이겨낼 수 있데이…. 귀신 그거 아무것도 아이다."

할아버지는 나를 자신의 집으로 데려갔다. 원일이 할머니는 처음 본 나를 매우 따뜻하게 맞아주셨다. 기다렸다는 듯 양념치킨에서 닭다리를 꺼내어 손에 쥐여주셨다. 친할머니를 본 적은 없지만 계셨더라면 이런 예쁨을 받지 않았을까? 원일도 긴장한 나를 다독여주었다. 괴팍한 줄 알았더니 재밌는 녀석이었고 이상하게 큰 의지가 되었다.

식사를 마치고 다시 긴장감이 돌았다. 할아버지는 집에 도착한 후 식사도 하지 않고 부적을 그렸다. 그러고 나서 오래된 책들을 뒤져가며 주문 같은 것을 외웠고 집안 곳곳에 부적을 붙였다. 홍콩영화에 나오는 강시선생 같았다. 본인만의 의식을 끝낸 할아버지는 나에게 오라고 손짓했다.

"도영아, 곧 녀석이 이곳에 올 기다. 지금 니를 찾으러 온 동네를 뒤지고 있을 기야. 이제부터 니는 이 방에 혼자 들어가야 한다…. 할 수 있겠제?"

할아버지는 나보고 미끼가 되라고 했다. 그리고 그슨대를 방으로 불러들여서 복숭아나무로 만든 목검을 그것의 가슴팍에 꽂으라고 했다. 그것이 가까이 다가올 때 겁먹지 말고 냅다 꽂으라고 했다. 나의 두려움을 먹고 자란 녀석을 없애지 못한다면 다른 멀쩡한 사람을 해칠지도 모르기 때문이었다. 할아버지는 방문 앞에 검은 커튼을 치고 뒤에서 나를 지켜보기로 했다. 안에서 거실을 볼 수는 없었지만 거실에서는 방을 볼 수 있으니 걱정하지 말라고 하셨다. 그 방은 평소 할아버지가 명상을 하는 곳으로 아무것도 없었다. 모든 창이 열린 베란다가 으스스한 공기를 방 안으로 들이고 있었다. 사방이 캄캄한 어둠 속에 혼자 있다고 생각하니 정말 무서웠다. 그럴 때마다 뛰쳐나가고 싶었지만 할아버지가 주신 목검이 가지 말라는 듯 나의 몸을 짓누르는 것 같았다. 나는 베란다 창틀에 앉아 숨죽이고 밖을 봤다. 비가 추적추적 내렸다. 문을 열어놔서 그런지 빗방울이 방 안까지 튀었다. 한동안 그것을 보고 있었는데 엄마가 스윽 하고 지나갔다.

"엄마?"

엄마를 알아보고 반사적으로 불렀지만, 곧 깨달았다. 그곳이 2층이라는 것을 말이다. 엄마의 얼굴은 고개를 돌렸다. 섬뜩한 미소를 지었다. 엄마의 얼굴이 천천히 위로 올라와 열린 창문으로 스멀스멀 기어 들어왔다. 연체동물처럼 검은 옷을 입은 그것이 이상한 웃음소리를 냈다. 녀석의 몸집은 엄청나게 커져 있었다. 여전히 나를 조롱하는 듯 야비한 표정을 지으며 비웃고 있었다. 그러다 곧 무서운 표정으로 겁을 주며 다가왔다. 무서워 눈을 질끈 감았다. 할아버지가 코앞까지 오면 목검으로 찌르라고 했는데 차마 움직일 수가 없었다. 녀석은 내 앞에서 엄마의 얼굴을 하고 혀를 마구 놀렸다. 보이지 않았지만 입을 쩍쩍거리는 소리가 들렸다.

"도영아, 엄마야…. 어서 눈떠봐…. 너 그렇게 엄마 모르는 척하면 엄마 확 죽어버린다."

그렇게 오래 살지는 않았지만, 엄마가 했던 말과 행동 들이 머릿속을 스쳐 지나갔다. 아버지와 싸운 뒤 엄마는 늘 나에게 죽어버리고 싶다고 했다. 엄마는 아버지가 지긋지긋하게 싫으니, 말이나 행동 그 어떤 것도 닮지 말라고 나에게 매일 당부했다. 혹시나 그로 인해 엄마가 잘못될까 봐 너무 무서웠다. 그래서 심기를 건드리지 않으려고 했지만 쉽지 않았다. 자랄수록 얼굴이나 행동이 아버지와 닮을 수밖에 없었다. 엄마가 나에게 웃는 모습이 아빠를 닮아서 싫다고 하면 웃지 않았고, 젓가락질이 똑같아 짜증 난다고 하면 숟가락만 썼다. 그럼에도 불구하고 엄마는 아버지가 있는 날이든 없는 날이든 죽고 싶다며 먼저 저세상에 가면 안 되겠느냐고 했다. 힘들다며 같이 죽자는 이야기를 자주 했는데, 그 눈빛이 곧 일을 저지를 것 같아서 방에 몰래 숨어들어 어머니를 지켜본 적도 있었다. 녀석은 어떻게 알았는지 모르겠지만 그런 어머니를 따라 했다. 그래서 목검으로 찌를 생각도 못 하다 결국 얼굴을 보고 말았다. 그것은 담임선생님의 얼굴로 변해 나를 흘겨보았다. 눈이 마주치자 이내 고양이 얼굴로 변해 조롱하듯 괴상한 표정으로 겁을 줬다. 무서워서 다시 눈을 감았다. 어떻게 해야 할지 막막했다. 그것이 나에게 스윽 하고 다가와서 목에 손을 댔다.

"너 같은 쓰레기는 말이야, 아주 싹수부터 노랗기 때문에… 낄낄낄… 아주 목숨을 끊어놔야 해…. 낄낄낄… 알겠어?"

그것은 나의 목을 사정없이 졸랐다. 고통스러움에 눈을 떴을 때, 계속해서 나를 비웃고 있었다. 부모님의 얼굴로 변했다가, 평소 나를 괴롭히는 친구들의 얼굴로 변했다가, 마귀 같은 담임선생님의 얼굴로 변했다. 멸시와 희롱이 뒤섞인 눈빛은 현실에서 그들이 짓는 그것과 똑같았다. 살고 싶지 않다는 생각이 들자, 몸에 힘이 빠졌다. 눈을 질끈 감았다. 그슨대는 옳다구나 싶어 더욱 강하게 내 목을 졸랐다.

"안 돼!"

방문에 걸려 있던 검은 커튼이 열렸다. 정신을 잃어가다 눈을 떠보니 어머니가 보였다. 어머니는 필사적으로 그슨대를 나에게서 떼어내려고 했다.

"안 돼, 차라리 날 데려가… 이 귀신아."

그때 갑자기 방과 베란다의 문이 탁 하고 닫혔다. 누군가가 창문에 부적을 붙여댔다. 할아버지가 실 같은 것을 그슨대의 몸에 감았다. 녀석은 당황했는지 나갈 곳을 찾기 위해 두리번거렸다. 하지만 실 같은 것이 몸에 엉켜 있어 쉽게 움직이지 못했다. 애써 탈출하려고 크나큰 몸을 마구 흔들며 몸부림을 쳤다.

"도영아, 빨리 찔러라. 지금 안 찌르면 평생 못 찌른다…."

어머니가 괜찮다며 나를 일으켜 세웠다. 모처럼 느낀 어머니의 따뜻함에 용기를 내어 품속에서 목검을 꺼냈다. 할아버지가 시킨 대로 그것의 가슴팍에 목검을 꽂으려는 순간,

"으헤헤헤… 야 이 새끼야, 니가 자식새끼야? 감히 니가 이 아버지를 찌르려고? 낄낄낄… 찌르기만 해봐라. 아주 네 놈의 새끼를 아작내버릴 기다… 낄낄낄…."

그것은 아버지의 얼굴로 변해서 위협했다. 눈을 질끈 감고 고개를 돌려버렸다. 그때 누군가가 내 손을 잡고 어깨를 감쌌다. 바로 아버지였다.

4

"도영아, 정신 똑바로 차려라. 아버지다…. 겁먹지 말고 할아버지가 시킨 대로 해보는 기다."

어머니와 아버지가 양옆에 있었다. 그제야 정신을 차리고 목검을 빼어 들어 그것의 가슴팍에 세게 꽂았다. 그것은 엄청난 굉음을 지르며 몸을 부들부들 떨었다. 할아버지는 계속해서 가는 실로 그것을 움직이지 못하게 묶었고, 안주머니에서 부적을 꺼냈다. 할머니가 라이터를 켜 부적에 불을 붙였다. 여러 명이 귀신 하나를 잡기 위해 나선 것이었다. 할아버지는 까맣게 탄 부적의 재를 그것의 머리에 비비며 주문을 외웠다. 녀석은 원망스러운 눈으로 식식거리며 나를 흘겨봤지만 곧 연기처럼 사라졌다. 할아버지는 안심이 되었는지 자리에 앉아 한숨을 쉬었다.

"원일아, 고마 베란다에서 나온나…."

그슨대가 도망이라도 칠까 봐, 원일이 베란다에 있던 상자에 숨어 있다 문을 닫고 창에 부적을 붙인 것이었다.

어머니와 아버지는 나를 안고 평평 울었다….

내가 없던 시간에도 부모님은 싸우고 있었다. 그러다 내가 집에 올 시간이 지나자 불안해졌다고 했다. 때마침 원일의 할아버지가 전화를 주셨지만 화를 내며 나를 당장 보내라고 했다. 그러나 할아버지가 할 말만 하고 전화를 끊어버리자 당황스러웠다. 결국 부모님은 원일의 집으로 찾아왔다. 부모님은 할아버지에게 화를 내려고 했지만 정작 혼난 것은 부모님이었다. 할아버지는 도대체 아이를 어떻게 키웠으면 아이가 매 순간 불안과 두려움에 떠느냐며 호통을 쳤다. 그때까지만 해도 부모님은 자신들에게 아무 잘못이 없다고 했다. 할아버지는 한숨을 쉬며 방에 있는 나를 가리켰다. 나는 방에서 홀로 무언가를 경계하고 있었다. 부모님은 그런 나에게 다가가려고 했지만 할아버지가 막아섰다.

"잠시 기다려보소."

할아버지의 강경한 태도에 부모님은 시키는 대로 할 수밖에 없었다. 얼마 지나지 않아 그슨대가 나타나자 부모님은 경악했다. 자신들의 얼굴을 하고 자신들이 평소에 쓰던 말로 아들을 협박하는 모습을 보자, 온몸에 소름이 돋았다고 했다.

"저것은 그슨대라고 하는 귀신입니다. 인간의 두려움을 먹고사는 악령 같은 거지요. 도영이가 두려워하는 것들을 녀석이 알고 그것의 얼굴로 변해 겁을 주는 겁니다. 사실 도영이는 그슨대보다 평소 당신들이 도영이에게 심어놓은 공포심 때문에 더 두려웠을 겁니다. 부모인 당신들 책임이 매우 큽니다…"

역촌

1

   1994학년도 여름방학이 시작되었다. 원일이 가족은 외
갓집인 역촌으로 향했다. 역촌은 충청남도 청양에 있는 조
그마한 시골 마을로 물도 좋고 공기도 좋다. 방학을 하면
외가 친척들이 모이곤 했는데, 그날도 어김없었다. 아이들
이 많아 시끌벅적 정신이 없었다. 앞으로 한 달을 함께 보내
기 위해 대청소를 해야 하는 어른들은 아이들을 모두 밖으
로 내보냈다. 초등학교 저학년 세 명, 고학년 두 명, 유치원
에도 못 들어간 꼬마 다섯 명이 마을로 나왔다. 아이들은 큰
정자나무 아래서 크고 작은 놀이를 했다. 아이들의 보호자
격으로 고등학생인 막내 삼촌도 나왔다. 그러나 아이들이

귀찮은 삼촌은 시원한 정자에 누워 만화책만 볼 뿐이었다. 다만 한 가지 경고는 잊지 않았다.

"니들 말이여, 되도록이면 저기 교회 위쪽에 있는 쬐그만 집은 가지 말어라."

원일은 삼촌이 무슨 말을 하는지 알아들었다. 외할머니께서 항상 하시던 이야기가 있었다.

외할머니는 그 집에 귀신이 산다고 말씀하셨다. 귀신은 마을 아이들이 근처를 지날 때면 어김없이 나타나 한참을 같이 논다고 했다. 그런 뒤에 집으로 돌아온 아이들은 하나같이 정신이 이상해지거나, 지능이 떨어지는 증상을 보인다며 절대로 그 집에 가지 말라고 하셨다. 원일은 어릴 적부터 그 집이 그렇게 무서웠다. 그래서 교회가 있는 방향으로는 눈길도 주지 않았다.

아이들은 알았다며 고개를 끄덕였지만 왜 가지 말라고 하는지 이유를 몰랐다. 그런데 아니나 다를까. 숨바꼭질을 하던 이종사촌 동생 둘이 사라졌다. 둘은 다섯 살 동갑내기로 외갓집에서 알아주는 장난꾸러기 콤비였다. 원일은 당황했다. 삼촌에게 이 사실을 알려야 하는데, 하필이면 삼촌은 배가 아파서 화장실에 가고 없었다. 설상가상으로 어른들은 모두 장을 보러 읍내에 갔다. 하는 수 없이 자신보다 나이가 많은 고학년 형과 누나에게 알렸다.

"형! 누나! 큰일 났어. 성준이랑 영준이가 사라졌어."

누나와 형은 주위를 샅샅이 뒤졌다. 논에도 가고, 천에도 가봤다. 심지어 방앗간 창고에도 가봤지만 두 녀석의 흔적은 없었다. 뒤늦게 온 삼촌이 누나와 형을 마구 꾸짖었다. 원일은 혹시나 싶어 눈을 찌푸리며 교회 위쪽을 바라봤다. 그런데 놀랍게도 두 녀석이 교회를 지나 판잣집으로 올라가고 있었다. 놀란 원일이 비명을 질렀다. 막내 삼촌은 온 힘을 다해서 빠르게 그곳까지 뛰어가 녀석 둘을 잡았다. 삼촌은 녀석들의 팔을 잡고 마구 흔들었다. 얼이 빠져 있던 둘은 그제야 놀라서 삼촌을 알아봤다. 삼촌은 화가 나 버럭 소리를 질렀다. 사방에 삼촌의 분노가 퍼졌다.

"니들은 인마, 삼촌 말을 뭘로 아는 겨? 삼촌이 올라가라고 했어, 안 했어? 위험하다고 했잖여? 왜 이렇게 말을 안 들어먹는대? 니들 둘은 아주 혼나야 혀."

그럼에도 불구하고 녀석 둘은 그곳에서 신기한 것을 봤다며 자랑했다. 철부지들이었다.

"삼촌, 어떤 아저씨가 재밌는 거 보여준다고 오라고 그랬어."

"맞아. 되게 웃긴 춤도 춰주고, 아저씨 따라가면 신기한 거 많이많이 보여준다고 했어."

자신의 야단이 통하지 않자, 삼촌은 또 한 번 소리를 버럭 질렀다.

"야 이 녀석들아, 누구 말하는 겨? 아무도 없는데 누구 말하는 겨? 니들 둘 아주 오늘 혼날 줄 알어."

주위에는 남자는커녕 개 한 마리도 없었다. 삼촌은 놀란 가슴을 쓸어내리며 아이들을 데리고 내려갔다. 뒤늦게 따라간 원일은 아무리 생각해도 판잣집 안이 마음에 걸렸다. 그래서 집으로 돌아가는 내내 뒤를 돌아보고 또 돌아봤다. 어느 순간 판잣집 안에서 누군가가 나타나 춤을 추고 있는 광경이 보였다. 남자가 야릇한 표정으로 엉덩이를 실룩실룩 흔들어댔다. 원일은 무서워서 삼촌 옆에 꼭 붙어 걸었다. 이런 일이 있었다는 걸 알게 된 외갓집 어른들은 삼촌을 마구 꾸짖었다. 그런 삼촌을 보며 두 녀석은 뭐가 그렇게 신이 나는지 마구 웃어댔다.

원일은 집에 돌아온 뒤로도 판잣집에서 춤추던 남자의 모습이 떠올랐다. 골방에 혼자 누워 '그것이 무엇일까?' 골똘히 생각하다 잠이 들었다.

2

외갓집은 오래된 한옥이라 화장실도 재래식이었다. 본채와 10미터 정도 떨어진 마당 입구에 화장실이 있었다. 꼬마들이 화장실에 가려면 어른이 동행해야 했다. 그날 밤, 잠에서 깬 원일은 배가 아팠다. 화장실에 가야 했는데 혼자서는 엄두가 나지 않았다. 자고 있던 삼촌을 흔들어봤지만, 전날 어른들에게 혼이 나서 그런지 짜증을 냈다. 화가 잔뜩 난 삼촌을 차마 깨울 수 없었다. 하는 수 없이 엄마를 깨워 화장실에 갔다. 원일은 일을 보는 내내 무서워서 엄마에게 말을

걸었다. 졸린 엄마는 하품을 하며 대답을 하는 둥 마는 둥
했다. 그런데 갑자기 엄마가 화들짝 놀랐다.

"야, 너희들 왜 나왔어?"

원일이 고개를 갸우뚱거리며 벌어진 문틈으로 엄마 쪽
을 봤다. 낮에 판잣집에 가려던 두 녀석이 자다 말고 나온
것이었다.

"너희들도 화장실 가려고 나왔어?"

두 녀석은 엄마에게 이상한 이야기를 했다.

"아니… 고모, 근데 낮에 본 아저씨가 밖에서 놀자고 계
속 나오라고 하잖아."

옆에 있는 녀석이 거들었다.

"맞아, 낮에 봤던 아저씨가 정말 불렀다니까."

엄마는 기가 차서 헛웃음을 쳤다.

"그게 무슨 소리야? 헛소리 말고 빨리 들어가. 어서 안 들어가?"

원일은 두 녀석의 말을 듣고 갑자기 오싹해졌다. 엄마는 녀석들을 데리고 집 안으로 들어갔다.

"아… 왜 하필….'

빨리 일을 보고 나가려고 했다. 그런데 화장실 뒤쪽에서 이상한 노랫소리가 들렸다.

"두두둠두두둠… 둠두둠다다당….'

놀라서 뒤를 돌아봤다. 누군가가 화장실 뒤편에 웅크리고 앉아 원일을 쳐다보고 있었다. 겁이 났지만 그것을 계속 보고 싶은 마음도 들어 한동안 눈을 떼지 못했다. 그때 엄마가 빨리 나오라고 소리쳐 재빠르게 집 안으로 들어갔다. 너무 무서워 엄마 옆에 누웠다. 캄캄한 새벽, 화장실 뒤쪽에 쪼그리고 앉아 있던 남자가 계속 아른거렸다. 어느덧 새벽두 시, 모두가 곯아떨어졌다. 뒤척이던 원일은 우두커니 앉아 창호지 문을 응시했다. 그런데 갑자기 문밖에서 사람 형체의 그림자가 나타나 원일에게 말을 걸었다.

"아가, 아까 날 봤지? 나 본 거 맞지? 나랑 쩌어기 가서 재밌게 놀자. 네가 형이니까 어서 애기들 깨워. 나랑 재미있게 놀자."

자신을 유혹하는 남자의 목소리에 무섭기도 했지만, 그것이 무엇인지 보고 싶었다. 외갓집 방문에는 안에서 밖을 볼 수 있는 아주 조그마한 유리로 된 부분이 있었는데, 조용히 일어나 그것을 통해 밖을 보았다. 마루 앞에 어떤 남자가 웅크리고 앉아 얼굴만 쏙 내밀고 원일을 봤다. 광대처럼 분장한 남자가 손짓을 했다. 덜컥 겁이 났다. 자고 있던 가족들을 모두 깨우려는 찰나, 다시 목소리가 들렸다.

3

남자는 원일이 있는 방으로 서서히 다가왔다. 남자의 얼굴이 창호지 문과 점점 가까워졌다. 눈을 뗄 수 없었다. 남자는 빙긋이 미소를 지으며 문고리를 잡으려고 했다. 그 광경에 기겁을 하며 비명을 질렀다.

"으아악!"

한방에서 자던 외할머니, 엄마, 이모, 숙모 그리고 이종사촌들 모두가 일어났다. 건넛방에서 자던 남자들도 깜짝 놀라 방문을 열었다. 한밤에 난리가 난 것이다. 이모가 재빨리 불을 켰다. 원일은 통곡을 하며 문밖을 가리켰다.

"낮에 그 집에 있던 아저씨가 날 잡으러 오려고 했어."

원일의 아버지를 비롯한 외삼촌들이 마당 근처를 샅샅이 살폈지만 사람의 흔적은 없었다. 원일은 자신이 본 것을 빠짐없이 털어놓았다.

"쟤네 둘 때문에 그 아저씨가 쫓아왔어. 아저씨가 계속 재밌는 거 하고 놀자고 했단 말이야."

원일의 아버지는 아들이 헛소리를 하니까 짜증이 났다. 그래서 원일에게 다짜고짜 화를 냈다.

"야 이 자식아, 무슨 말도 안 되는 소리야? 아버지가 거짓 말은 나쁜 거라고 했어, 안 했어?"

하지만 원일의 외할머니만큼은 놀란 손자를 안아주었다.

"이보게, 손 서방. 화내지 말게. 원일이 말이 참말이여. 삼 복이가 찾아왔구먼. 삼복이가 찾아왔어…."

역촌 사람이라면 누구나 삼복의 이야기를 알고 있다고 했다. 외할머니가 젊었을 때 마을에는 삼복이라는 청년이 살았다. 서른을 바라봤지만 약간 모자란 탓에 장가를 못 가 마을 어르신들이 불쌍하게 여겼다고 했다. 그런 삼복은 동 네 아이들에게 인기가 굉장했다. 마을 꼬마들의 대장이었 고 아이들도 삼복을 잘 따랐다.

그러던 어느 날, 삼복은 아이들과 숨바꼭질을 하다가 마 을 폐가로 숨어들었다. 하필 그곳에서는 마을 새댁과 부잣 집 도령이 정을 나누고 있었다. 들킨 두 남녀는 삼복이 마 을에 소문이라도 낼까, 두려웠다. 증거를 인멸하기 위해 삼 복에게 누명을 씌웠다. 자신들이 불륜을 저지른 것이 아니 라, 삼복이 새댁을 덮치려고 해서 부잣집 도령이 구해줬다고…. 부잣집 아들은 마을에서 영웅이 되었지만 삼복은 천하의 더러운 강간범이 되었다. 이후 마을 사람들은 삼복을 내몰기 시작했다. 삼복의 유일한 친구였던 아이들도 삼복을 사람으로 취급하지 않았다. 집 밖에 나가면 마을 사람들의 폭력과 아이들이 던지는 돌덩이에 몸이 성한 날이 없었다. 결국 자신이 살던 판잣집에 들어가 밖으로 나오지도 못하고 두려움과 배고픔에 떨다 죽었다. 참으로 비극적이게도 삼복이 죽고 난 뒤 모든 진실이 밝혀졌다. 남편에게 불륜 현장을 들킨 새댁과 부잣집 도령이 삼복에게 누명을 씌었다고 자백했다. 마을 사람들은 그런 삼복이 안타까웠지만, 곧 마을 바보가 죽은 게 대수냐며 사과도 제대로 없이 잊혔다.

그런데 어느 날부턴가 몇몇 사람들이 판잣집에 죽은 삼복이 나타났다고 했다. 죽은 삼복이 나타나 마을 아이들을 데려가는데 판잣집에 다녀온 아이들은 하나같이 정신이상 증세를 보인다고 했다. 서울에 있는 큰 병원에 다녀도, 용한 무당을 불러도 고칠 도리가 없었다. 그들은 어른이 되고 나서도 같은 증세를 앓았다고 한다. 용한 무당이 아이들을 보면서 한 말이 마을 사람들을 공포에 빠트렸다.

"이미 원혼이 마음에 큰 상처를 입었어. 이건 누가 와도 손을 못 써…. 옥황상제가 와도 어쩔 수 없다네. 되도록 피하는 것이 좋아, 쯧쯧쯧…."

겁이 난 마을 사람들은 판잣집을 허물려고 했다. 하지만 시도했던 사람들 모두 사고나 지병으로 죽었다. 십수 년의 세월이 흘렀지만, 삼복의 저주로 여긴 마을 사람들은 교회 위의 판잣집을 없애지 못했다.

외할머니는 원일의 머리를 쓰다듬으며 얼마나 놀랐느냐고 위로했다. 그러면서 오래전 외할아버지의 조카가 삼복에게 제대로 홀린 이야기를 들려주셨다.

"멀쩡한 아이가 판잣집에서 나오더니 매일 거품을 물었어. 이유 없이 갓난아기처럼 울었지. 이후 신생아처럼 아무것도 구분하지 못할 정도로 정신이 이상해지더니 시름시름 앓다가 세상을 떠났어. 그러니까 그곳만큼은 제발 가지 말어…."

원일이 성인이 되어 역촌에 돌아왔을 때, 교회와 판잣집은 사라진 지 오래였다고 한다. 그때의 삼복이 이야기도 이제는 추억이 되었다. 그러나 판잣집 터를 무심코 바라볼 때면, 삼복이 우스꽝스러운 춤을 추며 자신을 부르는 것 같다고 한다.

"아가, 나랑 놀자. 나랑 쩌어기 가서 놀자. 헤헤헤…."

숨바꼭질

초등학생 때, 지금은 사라진 아주 오래된 아파트에 살았었다. 그 아파트는 1동부터 44동까지 있었는데, 동네에는 크고 작은 사건이 끊이지 않았다. 그중에서도 초등학교 5학년 여름방학을 잊을 수 없다. 처음으로 괴기한 현상과 마주했기 때문이다.

1997년 7월, 나를 비롯한 동네 아이들은 하루 종일 놀 작정으로 아파트 공터에 모였다. 그곳에는 할머니들이 상추나 깻잎 등을 심어놓은 조그마한 텃밭이 있었기 때문에 우리가 공놀이 같은 걸 하면 극도로 싫어했다. 하는 수 없이 숨바꼭질 같은 걸 해야만 했다.

그날도 밤늦게까지 숨바꼭질을 하고 있었다. 다른 아이들은 모두 술래에게 들켜서 나왔는데 지훈이 형만 나오지 않았다. 우리는 도저히 찾을 수가 없어서 노래를 불렀다.

"못 찾겠다. 꾀꼬리, 꾀꼬리…."

하지만 지훈이 형은 나오지 않았다. 집에 먼저 간 것 같아 동네 아이들도 해산하려는 찰나, 어디선가 흐느끼는 소리가 들렸다. 아파트 뒤쪽 할머니들의 텃밭이었다. 지훈이 형이 그곳에서 울고 있었다. 그때까지만 해도 '어디 다친 건가?'라고 생각했다.

우리는 아파트 안에 있는 과외학원을 함께 다녔는데 지훈이 형이 숨바꼭질한 날 었던 일을 이야기해줬다. 지훈이 형은 그날 밤 텃밭 맞은편에 있는 시멘트 벽 위에 숨었다. 그곳은 나무가 매우 많고 풀들이 우거져 있어 쉽게 들어갈 수 없었다. 절대 찾을 수 없을 거란 생각에 숲속 깊숙이 숨었다.

"뭐… 이 정도면 애들이 절대 못 찾겠지. 킥킥…."

깜깜해지니 지나가는 사람도 없고, 아이들도 자신을 찾지 못하는 것 같아서 그만두고 나가려던 참이었다. 그런데 반대편 상추밭에서 시커먼 그림자가 눈을 뜨고 자신을 노려보고 있는 것이었다. 지훈이 형은 너무 섬뜩해서 더 숨어 있어야 하나, 나가야 하나 고민했다. 그러다 웅크리고 앉아 자신을 노려보던 무언가가 스멀스멀 움직이는 것을 발견했다.

형은 도망쳐야겠다고 결심했다. 그것은 얼굴을 알아보지 못할 만큼 온몸이 새까맸고, 눈동자는 없었다. 형은 두려움에 떨며 꽤 높은 담장에서 뛰어내려, 안간힘을 다해 뛰었다. 하지만 그것이 쫓아오는 속도가 얼마나 빠른지, 순식간에 형의 다리를 덥석 잡았다. 놀란 형은 그 자리에서 울어버렸다. 때마침 우리가 울음소리를 듣고 달려왔고 그것은 사라졌다.

며칠 뒤, 마을에 이상한 이야기가 떠돌았다. 아파트 옆 라인에 사는 할머니가 텃밭을 가꾸다가 온몸이 검은 사람이 기어가는 것을 봤다고 했다. 산책 중이던 아주머니도 비슷한 걸 봤다고 했다. 동네가 시끄러웠다.

다음 날, 텃밭을 관리하던 할머니가 상추를 살피다 장갑 한 짝을 발견하면서 수수께끼는 풀렸다. 어떤 미친놈이 텃밭에 다 쓴 시커먼 장갑을 버렸느냐고 투덜거리며 장갑을 줍던 할머니는 비명을 질렀다. 그것은 장갑이 아닌 사람의 손이었다. 동네는 난리가 났다. 경찰이 와서 흙을 걷어냈다.

거기에는… 온몸이 까맣게 불에 탄 시체가 누워 있었다. 기억은 잘 나지 않지만, 몸이 난도질되어 있었던 것 같다. 범인은 아직도 안 잡혔다던데…. 지훈이 형과 동네 사람들이 봤다던 검은 사람이 그 시체였는지는 모르겠지만, 어릴 때 겪은 무서웠던 사건 중 하나였다.

귀가

1

D빌라 101호에는 사람이 살지 않는다. 꽤 오래되었다. 떨어질 대로 떨어진 집값이었지만 사는 이도 없었다. 그 집에서 많은 사람들이 죽었으니까.

온갖 좋지 못한 이야기가 떠돌았다. 터가 좋지 못하다, 귀신 들린 집이다, 저주를 받았다….

우리 집은 D빌라 102호다. 문제의 101호 옆집이다. 엄마는 아버지에게 이사를 가자고 재촉했지만, 그게 쉽나. 소문난 집의 옆집이라는 이유로 우리 집값도 똥값이 된 지 오래다. 집이 팔리지도 않을뿐더러, 이사를 가도 또 다시 전세를 전전하며 살 수밖에 없었다.

동네 호사가들이 옆집에 관한 질문을 굉장히 많이 하는 편인데, 우리 집에서 이상한 낌새를 못 느꼈느냐는 것이었다. 낌새라고 할 게 뭐가 있겠나? 현관문만 닫으면 다른 세상 사람들인데…. 옆집에서 무엇을 하든 알 수 없었다.

언제부터 사람이 죽어 나갔는지는 모른다. 중학생 때 옆집 산모가 우울증으로 목을 매달아 자살했다. 하지만 사람이 죽었다는 걱정보다, 재수 없는 일이 생겼다는 한탄을 먼저 하던 시절이었다. D빌라에 살던 사람들은 하나같이 그렇게 말했다.

뒤늦게 안 사실이지만 태어난 아기도 몇 날 며칠을 울다 죽었다. 약간 충격이었지만 별수 없다고 생각했다. 우리 가족에게 주위를 둘러볼 여력은 없었다. 우리 가족뿐만 아니라 대부분의 사람들이 그랬을 것이다. 그렇게 합리화하고 살아야, 아무렇지 않게 살 수 있을 것 같았다.

이후, 그 집에서 여럿이 죽어 나갔다. 혼자 사는 할머니가 돌연사 하고, 20대 남자가 삶을 비관해 스스로 목숨을 끊고, 40대 기러기 아빠도 얼마 버티지 못하고 죽었다. 이쯤 되니 소문이 돌고 돌아 D빌라 101호는 흉가가 되었다.

꽤 오랜 시간이 지나고 대학을 졸업할 무렵, 또 한 번 이상한 소문이 돌았다. 동네 꼬마들이 101호에서 귀신을 봤다고 난리를 쳤다.

초등학교도 들어가지 않은 녀석들의 말을 들어주는 사람은 많지 않았지만, 소문이란 참으로 무서운 것이었다. 삽시간에 귀신이 사는 집이라는 소문과 함께 온갖 이야기가 난무했다.

도한이라는 녀석이 101호 베란다에서 어떤 여자를 보았다고 하자, 동네 사람들이 경악을 금치 못했다.

"무서웠어요. 어떤 아주머니가 목에 줄을 달고 있었는데요. 근데 혀… 혀가… 배꼽까지 길게 늘어나서 마구 움직이는데… 아주머니가 자꾸 쳐다봤어요."

모든 이들이 자살한 산모를 떠올렸다. 아이를 낳은 지 얼마 되지 않아 우울증으로 자살한 산모….

엄마는 아이들에게 역정을 냈다. 더 이상 떨어질 것도 없는 집값인데, 그런 소문을 내면 D빌라에 사는 사람들은 어떻게 하라고…. 그래도 3층부터 5층까지는 매매도 하고, 전세도 들어오긴 했지만, 1층과 2층은 재앙 수준이었다. 엄마는 이사를 하고 싶었다.

2

한동안 잠잠하더니, '귀신이 나타나는 빌라'라는 소문이 퍼졌다. 이후, 무당이나 철없는 사람들이 귀신을 보겠다고 찾아오는가 하면, 방송국에서도 촬영을 한다며 찾아왔다. 방송국에서는 유명한 퇴마사라는 사람을 데려왔는데, 구경꾼들이 우글우글 모이면서 이곳에 사는 사람들을 귀찮게 했다.

엄마와 아버지는 짜증을 냈지만, 나 역시 호기심을 참지 못해 구경꾼을 자처했다. 검은 옷을 입은 남자 퇴마사가 야릿한 웃음을 지으며, D빌라 주위를 돌아다녔다.

"어허, 이곳에는 귀신이 아주 많군요. 지금 귀신이 반갑다며 PD님을 쫓아다니는데, 조심하십시오. 자살귀입니다."

남자의 말에 구경꾼들이 쑥덕였다. D빌라 사람들뿐만 아니라, 주위 빌라 사람들까지 공포심에 휩싸였다.

나는 남자의 말을 믿지 않았다. 순 연극 같은 것이, 얼굴에 철판 좀 깔고 분위기 좀 조성하면 방송국에서 좋아하니까 그렇게 하는 줄 알았다. 그런데 퇴마사란 사람이 눈을 가늘게 뜨며, 나를 째려보더니 성큼성큼 다가왔다.

"저기요. 그대 말이에요. 이 집에서 사람이 죽을 거라는 거, 꽤 오래전부터 알고 있었잖아요. 그죠?"

당황했다. 토끼 눈이 되어 손가락을 내 가슴팍에 대고, 나를 말하는 거냐고 물었다.

"그래, 당신 말이에요. 당신이랑 당신 부모님은 이 집에서 사람이 죽을 거라는 걸 알고 있었잖아요? 왜 모른 척해요?"

순간 기분이 나빠 그게 무슨 소리냐고 버럭 소리를 지르고 집으로 들어왔다. 안방 창문으로 사람들이 술렁이는 모습이 보였다. 퇴마사는 별것 아닌 잡귀에 사람이 죽어갔다며 안타까워했다.

"별것 아닌 잡귀 때문에 여러 사람이 죽었군요. 이웃들이 도와줬더라면 잡귀는 도망갔을 텐데, 쯧쯧쯧⋯."

과거의 몇 장면이 빠르게 스쳐 지나갔다. 매일같이 싸우던 옆집의 젊은 부부. 자살한 여자는 남편에게 매일같이 폭행을 당했다. 온갖 욕설이 난무하고, 물건 부서지는 소리가 자주 들렸다. 내 방이 옆집과 가까웠기 때문일까? 그들의 어지러운 갈등이 고스란히 느껴졌다. 엄마에게 옆집에서 나는 소리를 들려줬을 때, 엄마는 나의 귀를 막았다. 남편의 욕설이 아주 험했다. 엄마는 나에게 괜히 남의 일에 끼어들었다가 봉변당할지도 모르니 신경 쓰지 말라고 했다.

3

그러던 어느 날, 누군가가 벨을 눌러 문을 열어주었다. 옆집 여자였다. 배가 엄청나게 불렀는데 한 손으로 허리를 움 켜잡으며 과일을 건네주었다.

"매일 시끄럽게 해서 죄송해요. 어머니께 전해주셔요. 너무 죄송하다고…."

아무런 감정이 없었다. 그런가 보다 하고 엄마에게 전했다.

"이런 건 왜 준데? 싸우지나 말고 조용히 지내지. 돈이 없어서 과일도 못 먹는 줄 아나…."

그 뒤로도 허구한 날 싸웠다. 지금 생각해보면, 남편은 아내가 싫었나 보다. 자신이 다른 여자와 있는 걸 보았느냐고 따져댔고, 그렇게 의심할 시간에 친정에 가서 돈이나 가져오라고 했다. 여자는 자신과 제발 이혼해달라고 했지만, 돌아오는 건 남자의 폭행뿐이었다.

엄마는 옆집 남자의 인상이 좋지 않아 따지지도 못하는 눈치였다. 그래서 내 방을 다른 방으로 옮겨버렸다. 싸움 소리 때문에 내 정서에 문제가 생길 수도 있다고 했다. 하지만 그들이 싸우는 소리에 재미를 들였다.

아기를 낳고 나서도 매일이 싸움이었다. 아이의 울음소리가 더해지니 지옥이 따로 없었다. 그러던 중 남편이 시끄럽다며 아이에게 무슨 짓을 하려고 하자, 여자가 아이에게 손대지 말라며 남자를 밀쳐냈다.

부모님에게 옆집 이야기를 하면, 우리가 신경 쓸 문제가 아니라고만 하셨다. 도와줘야 할 것 같은 기분이 들었지만, 어린 나는 아무것도 할 수 없었다. 그렇게 시끄럽게 싸우는데도 경찰이 와서 제재를 가하지 않는 걸 보면 일리가 있었다.

그런데 어느 날부턴가 싸움 소리가 나지 않았다. 고양이 울음소리 같은 것만 났는데, 그것은 아기의 울음소리였다.

4

"그 무당 놈은 왜 그런 말을 한 거야? 지네가 봤어? 우리가 옆집에서 사람이 죽었는지, 살았는지 어떻게 알아?"

엄마는 짜증을 냈다. 계속해서 아버지에게 이사를 가자고 했지만, 천정부지로 솟은 집값에 그 돈으로 이사 갈 만한 곳은 없었다. 우리 집만 빼고는 집값이 계속 오르는 것 같았다.

복잡한 마음을 정리하고자 소파에 누워 천장만 보고 있는데, 누군가 벨을 눌렀다. 낮에 보았던 방송국 사람들이었다. 담당 PD라는 사람이 인터뷰에 응해줄 수 있는지 물었다. 상대하고 싶지 않아 문을 닫았다. 그런데 잠시 후, 담당 PD 양반이 또 벨을 눌렀다. 우리 가족은 경찰을 부르겠다며 호통을 쳤다. 바로 그때, 뒤에 있던 퇴마사가 요란하게 종을 흔들어댔다. 야밤에 종소리라니…. 순간 모두가 그를 쳐다봤다.

"어허, 이 집 식구들 참으로 비정합니다. 사람들이 어떻게 그럴 수 있습니까?"

퇴마사가 눈을 까뒤집는데, 귀신보다 그 남자가 더 무서웠다. 허연 피부에 찢어진 눈을 한 얼굴을 마구 흔드는데, 숨이 막힐 지경이었다.

"지금 이곳에 그 여자분을 모셔왔습니다. 원통하고 비통

해서 저승에 못 가겠다고 합니다. 이런, 이런…"

짜증과 난감함이 동시에 밀려왔다. 어떻게 해야 할지 몰랐지만 피가 바싹바싹 마르는 것이, 영 기분이 나빴다. 방송 분량을 뽑지 못해서 그런 걸까? 우리 가족에게 도대체 왜 이러는 걸까? 시끄러워진 상황을 수습하고자 PD와 퇴마사를 데리고 나갔다.

"도대체 왜 오신 거죠? 인터뷰를 안 하겠다는데…. 지금 굉장히 실례하시는 거예요."

담당 PD는 진실을 파헤치는 일이라며 이해해달라고 사정했다. 이해가 되지 않았다. 경찰의 수사나 물질적 근거가 아니라, 퇴마사의 영감만으로 진실을 파헤친다고? 나는 그들에게 가운뎃손가락을 날리고 집으로 들어가려 했다.

"어허, 이 여자분께서 당신 집에 과일을 가져다준 적도 있군요. 당신이 받았지요?"

나는 걸음을 멈췄다. 그리고 퇴마사를 빤히 쳐다봤다.

"당신은 모두 알고 있잖아요. 그 방에서 모든 걸 듣고 있었잖아요?"

매섭게 노려보는 퇴마사의 눈빛에 압도됐는지 소름이 돋았다. 그는 새빨간 입꼬리를 올리며 미소를 지었다.

"내일 낮에 오세요. 오늘은 피곤해서 안 되겠어요."

그들이 자리를 떠난 뒤, 지친 몸과 마음으로 집에 들어왔다. 왜 이런 일이 생겼는지 모르겠지만, 무거워진 마음이 엄청난 무게로 온몸을 누르는 것 같았다.

퇴마사의 얼굴이 아른거렸다. 그는 우리 집에서 일어난 일을 어떻게 안 걸까? 귀신이 된 옆집 여자가 옆에서 가르쳐준 걸까? 그들이 무슨 꿍꿍이 수작을 벌이는지 보고 싶었다. 하지만 밖에는 아무도 없었다. 인터뷰를 허락해 촬영은 철수한 듯했다. 길에서 담배를 한 대 피우고 집으로 들어가려는 찰나, 101호에서 사람 목소리가 들렸다.

"어허, 그랬군요. 도와달라고도 했는데 외면했군요? 비정한 사람들이구먼."

잘못 들은 줄 알고 101호 현관문에 귀를 댔다. 대화 소리가 들렸다. 호기심에 현관문 손잡이를 돌렸다. 항상 닫혀 있던 101호의 문이 열렸다.

캄캄했다. 핸드폰으로 조명을 켜 집 안을 둘러봤다. 아무도 없는 듯 보였다. 무서워져 다시 집으로 돌아가려는데, 현관문이 잠겼다. 문이 어떻게 잠긴 건지 모르겠지만, 열어보려고 애를 썼다. 그때 방에서 아이 울음소리가 들렸다. 머리가 쭈뼛쭈뼛 섰다.

아이의 울음소리가 더욱 커졌다. 궁금함에 집 안을 다시 살폈다. 안방에서 나는 소리였다. 방문을 열고 핸드폰을 드는 순간, 경악했다. 자살했던 산모가 아이를 안고 있었다. 옆에 앉은 퇴마사가 그녀와 대화를 나누고 있었다.

"자네 들어왔구먼? 여기 이분이 원통하다고 하소연을 하는데, 자네도 알고 있겠지?"

뒤통수를 세게 맞은 듯 현기증이 밀려왔다. 원통하고 분하다는 목소리가 들려왔다.

5

퇴마사가 나를 데리고 밖으로 나왔다. 정신을 못 차리자 부채 같은 것으로 온몸을 두드렸다. 그제야 최면이 풀린 듯 정신이 돌아왔다. 퇴마사는 101호에서 아주 못된 귀신을 잡았다고 했다. 사람이 죽어가는 모습을 보는 데 맛이 들린 잡귀란다. 그것이 말하기를 남편이 아내를 죽이는 모습에 신이 난 나머지, 이후에 들어오는 사람들을 스스로 죽게 만들었다고 했다. 퇴마사는 이내 이곳에 사는 사람들을 비난했다.

"이게 모두 귀신 때문이라고는 할 수 없어. 사람이 죽는 건 사람 탓이 더 커…. 위험에 빠진 사람을 구하는 건 사람의 도리 중 하나야. 모두가 알고 있으면서 그렇게 외면을 하다니 말이야. 사람이 사람에게 관심을 가지지 않는다면, 그때는 귀신들 세상보다 못한 세상이 되는 거야. 자네도 그 여자가 위험하다는 걸 알고 있었잖아?"

모두 맞는 말이었다. 사실 알고 있었다. 외면하면 편하다고 생각했지만, 의외로 꽤 오랜 시간 마음의 짐으로 남았다.

나는 옆집 부부의 싸우는 소리만 들은 게 아니었다. 옆집 여자가 아이를 얼마나 사랑하는지도 알고 있었다. 출산 후 그녀는 아이를 잘 키우고 싶은 마음에 매일 기도했다. 아이가 건강하고 바르게 자라서 자신처럼 살지 않기를 빌고 또 빌었다.

"제발 아프지 말고 잘 자라줘. 엄마도 최선을 다할게…."

하지만 그런 바람도 잠시, 남편이 들어오면 또다시 시끄러워졌다. 아버지란 사람은 아이에게 자신이 증오하는 아내의 피가 섞였다며 저주를 퍼부었다. 입에 담을 수도 없는 말을 내뱉었다.

아내는 살고 싶은 의지가 컸다. 아이에게 남편과 이혼할 때까지 버텨달라고 했다. 매일같이 했던 말이기에 똑똑히 들었다. 하지만 어느 날부턴가 들리지 않았다.

퇴마사는 여자와 아이가 남자에게 살해당한 것이라 확신했다. 하지만 오랜 시간이 지난 사건이라 내가 할 수 있는 일은 없었다. 어쩔 수 없다는 생각이 어쩔 수 없는 결과를 만든 것이다. 퇴마사도 그것을 인정은 했지만, 매우 아쉬워하는 눈치였다.

"이 집은 그 여인네의 원한이 풀리지 않는 이상, 영원히 귀가로 남을 걸세…."

현재 내 나이 서른…. 아직도 101호는 귀가로 남아 있다.

무조건 모르는 척하세요

살다 보면 정신없이 뭔가를 찾는 사람을 만난다. 문제는 그런 사람이 자기에게만 보일 때다. 그럴 때는 무조건 모르는 척하는 것이 이롭다. 사람이 아니기 때문이다….

고등학교 2학년 때였다. 해운대 송정 바닷가에서 친구들과 늦게까지 놀다 집에 가기 위해 버스를 기다렸다. 옆에서 한 여자가 뭔가를 열심히 찾았다. 사람들 한 명 한 명에게 뭐라고 묻는 것 같은데, 사람들은 대꾸를 하지 않았다. 정말 이상했다. 동네에서 유명한 미친 여자인가, 싶어 대수롭지 않게 여겼다. 그녀는 나에게도 말을 걸었다.

"제 보라색 핸드백 어디 있는지 아세요?"

그런데 목소리가 말이다. 사람이라고 하기에는 아주 많이 이상했다. 육성은 아닌 것 같고 음높이도 없고, 텔레파시처럼 목소리를 흘려보낸다고나 할까? 아무튼 이질감이 들었다. 그래도 무시하기 미안해서 "모릅니다"라고 이야기하려는 찰나, "이런 버르장머리 없는 새끼를 봤나?"라며 누군가가 나의 뒤통수를 때렸다. 어찌나 세게 후려쳤는지 안구가 튀어나올 듯 아팠다. 돌아보니 웬 할머니가 나를 흘겨보며 씩씩거렸다. 백발의 노인이라도 참을 수 없었다.

"아 할머니, 왜 때리세요? 제가 뭘 잘못했다고요?"

할머니는 매서운 눈을 하고, "이놈이 말대꾸를 하네?"라며 머리를 또 가격했다. 화가 머리끝까지 났다. 마침 기다리던 버스가 도착해 분노를 참을 수밖에 없었다. 나와 친구를 비롯한 대다수의 사람들이 그 버스에 탔다. 할머니도 버스에 올라섰다. 미친 노인과 문제를 일으키고 싶지 않아서 일부러 창밖을 바라보는 척했다. 사람들에게 말을 걸었던 여자만 버스에 타지 않은 걸 보고, 미친 여자가 맞다고 확신했다. 더러운 기분이 치밀어 올라 창밖을 보며 중얼거렸다. 그때 나를 때렸던 할머니가 내 앞에 와 앉았다. 아까와는 다르게 다정했다.

"학생아, 아까 많이 놀랬제? 미안하다. 니한테 요망한 기 붙어가지고 내가 그거 떼어내려고 그랬다. 아까 그 여자… 그기… 사람 아니고 귀신이다."

이건 또 무슨 소린가? 분란을 일으키고 싶지도 않거니와, 이 할머니도 정신이 편찮으실 수 있겠다는 생각에 "네에, 네에…" 건성으로 대답했다. 그럼에도 불구하고 할머니는 이야기를 계속했다.

"만약 고것한테 모른다고 대답했으면 찾아내라고 니한테 붙었을 기다. 안다고 말했어도 찾아내라고 니한테 붙었을 기고…. 그 요망한 기 붙으면 그때부터는 살날이 얼마 안 남은 기라. 쥐도 새도 모르게 죽는 기다."

조금 무서웠지만 말이 안 되는 것 같아서 무시했다. 그런데 친구 녀석이 버스에서 내리며 말했다.

"아까 할매가 여자 이야기하더만…. 우리가 버스 기다릴 때, 니한테 뭐 물어본 여자 없었잖아? 니 뒤에 내가 있었는데… 못 볼 리가 없다."

친구는 못 본 여자. 할머니 말씀대로 버스정류장에서 나에게만 보였기 때문인가? 그 뒤로 비슷한 행동을 하는 사람을 세 번 정도 봤다. 그럴 때면 일부러 못 본 척 피한다. 그것들은 목소리와 말투부터가 다르다. 사람의 육성이 아닌데 언어를 억지로 쓰려고 한다거나, 귀가 아닌 머릿속에서 소리가 들릴 때, 그때는 반드시 모르는 척해야만 한다. 그… 그거… 그것들은 사람이 아니라… 귀신이기 때문이다.

원룸

1

경수는 집안 형편이 좋지 않았다. 대학 등록금도 스스로 벌어야 했다. 제주도에서 서울로 올라오던 날, 주머니에는 단돈 10만 원이 있었다. 한 학기 동안 학과 방을 시작으로 친구 집을 전전하며 살았다. 돈 되는 일이라면 뭐든지 하던 녀석은 한 학기 만에 보증금 200만 원에 월세 20만 원짜리 방을 구했다. 좋은 방은 아니었지만, 이제 어디 가서 눈치 안 보고 마음 놓고 잘 수 있겠다며 기뻐했다. 그날도 밤늦게 알바를 끝내고 새벽 두 시쯤 잠을 청하려 했다.

"딸랑… 딸랑…."

방울 소리 같은 것이 잠을 깨웠다. 워낙 둔한 녀석이지만 소리가 거슬려 일어났다. 하지만 소리가 멈추었고 다시 잠을 자려고 했다.

"중얼중얼… 중얼중얼…."

염불 외는 소리 같기도 하고, 주문을 읊는 것 같기도 하고…. 아무튼 느낌이 썩 좋지 않은 목소리가 들렸다. 하지만 몸이 매우 고단했기에 무시하고 눈을 감았다. 이번에는 생리 현상이 말썽이었다. 방광이 터질 것 같아 화장실에 가려고 일어났다. 그런데 발밑에 한복을 입은 여자가 앉아 경수를 쳐다봤다. 어찌나 놀랐는지 오줌을 그대로 지렸다. 눈을 비비고 다시 떠보니 여자는 사라지고 없었다. 정신을 차리려고 하는데, 아까 들었던 방울 소리가 또 들렸다. 경수는 모든 불을 켜고 바닥에 귀를 댔다. 아래층에서 징 소리가 났다. 누군가 쿵쾅쿵쾅 뛰는 소리도 났다. 경수는 짜증이 나 다음 날 집주인에게 따졌다.

"아랫집이 너무 시끄럽습니다. 주의를 좀 주셨으면 해요."

집주인은 아랫집에 사람이 살지 않는다고 했다. 경수는 화가 났다. 분명히 들었는데 집주인이 단호하게 말했기 때문이다.

"새벽에 사물놀이를 하는지 진짜 시끄럽다니까요, 아저씨! 주의 좀 주세요."

집주인은 여전히 단호했다. 그 원룸에는 경수 같은 대학생이나 주위에 건물을 공사하는 인부들만 산다고 했다. 말이 통하지 않자 경수는 한숨을 쉬며 방으로 들어갔다.

또 그렇게 밤이 찾아왔다. 아직 피로가 가시지 않았는지 금세 잠이 들었다. 꿈속에서 검은 옷을 입은 사람들이 경수를 잡으러 왔다. 너무 놀라 잠에서 깼다. 그런데 또 징 소리와 장구 소리 같은 것이 들렸다. 이번에는 어떤 여자가 고함을 꽥꽥 질렀다.

"이런, 젠장!"

신경이 날카로워진 경수는 바닥에 귀를 댔다. 역시 아랫집이었다. 새벽 세 시가 넘었지만, 아랫집으로 내려갔다. 경수는 아랫집에서 나는 소리라고 확신했다. 문 앞에까지 징 소리와 장구 소리가 났다. 벨을 눌렀다. 순식간에 인기척이 사라졌다. 경수는 분노하며 문을 마구 두드렸다. 인기척이 없어 손잡이를 돌렸다. 문이 쉽게 열렸다.

귀신이 곡할 노릇이었다. 주인아저씨의 말대로 그곳에는 아무도 없었다. 불도 켜지지 않는 빈방이었다. 피곤해서 헛 것을 들은 줄 알고 집으로 올라가려는 순간, 누군가 자신의 손을 잡았다. 깜짝 놀라 소리쳤지만 주위에는 아무도 없었 다. 무서워지기 시작했다. 너무 캄캄해서 라이터로 불을 켰 다. 그런데 웬 여자가 피눈물을 흘리며 낄낄대고 있었다. 옷 차림을 보니 무당 같았다. 경수는 놀라 혼절했다.

다음 날 아침, 눈을 떴다. 역시 아랫집이었다. 대낮에 본 그 집의 광경은 가관이었다. 벽에는 온갖 부적과 기괴한 그 림이 붙어 있었고 닭 핀지, 물감인지 모를 붉은 액체가 벽에 칠갑이 되어 있었다. 경수는 놀랍기도 했고 무섭기도 했다. 이곳에 1초도 있고 싶지 않았다. 주인을 찾아갔다.

"아저씨, 여기 무당 살잖아요. 아무도 없긴 왜 없어요?"

담배를 피우던 주인이 허공을 보다 입을 열었다.

몇 년 전, 아랫집에는 신내림을 받은 여자가 살았다. 원래는 평범한 직장인이었으나, 무병에 걸려 할 수 없이 무당이 된 것이었다. 그녀에게는 결혼할 사람이 있었는데, 무속인이 되면서 헤어졌다. 그녀는 자신의 처지를 비관했다. 어느 날, 누굴 위한 굿판인지 모르겠으나, 거대한 굿을 치르고 스스로 목숨을 끊었다고 했다. 경수는 새벽에 본 여자가 떠올랐다. 더 싼 방을 구하긴 힘들 것 같았지만, 계속 그 집에 있을 수도 없어 방을 뺐다.

2

세월이 꽤 흘렀다. 제대한 경수는 복학을 위해 집을 알아봐야 했다. 전에 살았던 방보다 훨씬 좁았는데도 방세는 어마어마했다. 언제쯤 졸업하고 취직해서 닭장 같은 방을 탈출하나? 한숨만 나왔다. 어쩔 수 없이 다시 그 원룸에 찾아갔다. 다른 집들보다 저렴했으니까…. 그러기 싫었지만 어쩔 수 없었다. 쥐고 있는 돈이 얼마 없었다.

3년 만에 찾은 원룸은 깨끗하고 그럴싸하게 리모델링이 되어 있었다. 그 덕인지 스산했던 원룸에는 세입자가 가득했다. 경수는 매우 의아했다.

"이제 귀신은 안 나타나나?"

집주인에게 연락을 했다. 집주인이 바뀌어 있었다. 깐깐해 보이는 아주머니였다.

"이 동네에서 우리 집이 제일 싸요. 마침 남는 방이 딱 하나 있는데, 보실라우?"

경수는 혹시나 싶었다. 방이 하나 남았다면, 설마 여자의 방? 아니면 전에 살던 방? 굉장히 혼란스러웠다. 집주인을 따라 계단을 오르는데 아무래도 예감이 좋지 않았다. 아니나 다를까. 그 여자가 살던 층으로 향했다. 불안한 마음으로 복도를 걸어가는데, 구조가 많이 바뀌어 있었다. 예전보다 현관문이 많아진 듯했다. 여자가 살던 방 앞에 집주인이 멈춰 섰다. 뒷골이 서늘해졌다. 집주인이 비밀번호를 누른 뒤 방문을 열었다.

"삐삐삐삐….'

문이 열렸지만, 경수는 들어가지도 못하고 그대로 있었다. 주인은 그런 경수는 아랑곳하지 않고 이것저것 설명하기 시작했다. 한숨이 나왔다.

"음… 그러니까 이 정도는 말이야. 300에 35인데… 30만 줘…. 물론 관리비는 별도예요. 어때요?"

경수는 식은땀이 났다. 집주인에게 생각해보겠다고 말한 뒤, 밖으로 나왔다. 담배에 불을 붙여 한 모금 빨아들였다.

"하… 젠장."

그때 본 귀신이 나타나면 어쩌나, 잠시 고민하긴 했다. 하지만 전에 비해 반이나 작아진 원룸을 보자, 두려움은 사라졌다. 단칸방은 고시원만큼이나 좁았다. 창문도 없어 감옥 같기도 했다. 귀신이 나타난다 하더라도 앉아 있을 곳조차 없을 것 같았다. 폐소공포증에 걸릴 것처럼 가슴이 답답했다.

자살한 여자가 살았던 방의 절반은 다른 사람 차지여서, 귀신 소동이 난다 해도 그때처럼 무서울 것 같지는 않았다. 하지만 그 전에 숨이 막혀 죽을 수도 있겠다는 생각이 들었다. 차라리 귀신을 보던 때가 좋았을지도 모른다. 그렇게 동네를 서성이며 한참을 고민하는 사이, 집주인에게 연락이 왔다.

"좀 전에 그 집 나갔어요. 이제 더 이상 방이 없네?"

삼방동 귀신

1

비가 내리는 날이면 이상하게 불안해진다.

그것을 처음 만난 것은 2011년 여름. 나를 숨 쉴 수 없을
정도의 공포로 몰아갔던 그날이다. 지금도 그 생각만 하면
등골이 서늘해져 정신이 번쩍 든다.

졸업을 한 학기 앞두고 미래를 걱정하던 나는, 자취방에
서 매일 이력서와 자기소개서를 썼다. 졸업하기 전에 기필
코 취업에 성공하겠다며 얼마 되지도 않는 경력을 부풀려
이력서를 썼다. 자기소개서에 마음에도 없는 소리를 적으

며 고민과 자괴를 반복하던 차에 어디선가 맛있는 냄새가 풍겨왔다. 라면이었다.

"고것, 참 맛나겠다. 나도 라면 한 사바리 해야지. 랄라랄 라라…."

하지만 부엌 찬장을 열어보니 라면은커녕 수프가루 한 알도 없었다. 아르바이트하랴, 면접 보러 다니랴, 토익시험 보랴, 바빠서 장을 한동안 못 봤다.

"에휴, 비가 왜 이렇게 오나…."

우산을 쓰고 편의점으로 가다, 세일을 많이 하는 대형마트로 발걸음을 돌렸다. 얼마라도 더 아껴보려고 신어천을 지나 조그마한 다리를 건넜다. 비가 어찌나 오는지 다리 아래의 천이 빠르게 흘러갔다.

"더웠는데… 비가 오니까 시원하네."

시원한 정도가 아니었다. 초겨울처럼 다리 아래에서 냉기가 뿜어져 나왔다. 이상한 기분이 들어 마트로 빨리 걸어가려는 찰나였다. 한 걸음, 한 걸음 걷는데 지진이라도 난 것처럼 다리가 심하게 흔들렸다.

"뭐, 뭐꼬? 와 이라노?"

다리가 곧 무너질 것 같아 인도로 올라갔다. 한참을 서서 다리를 지켜봤다. 무너질 것 같은 다리였는데 아무렇지 않은 듯 사람 몇이 건너갔다.

"뭐지? 지진이었나?"

다시 다리를 건너려고 했다.

"차… 기… 석! 차… 기… 석! 차… 기… 석! 차….."

다리 아래에서 누군가가 내 이름을 불렀다. 음 이탈이 된 듯 굉장히 듣기 싫은 목소리였다. 누가 장난을 하나 싶어 다리 아래를 내려다봤다. 흐르는 신어천 중앙에서 검은 옷을 입은 여자가 두 발을 물에 담근 채 나를 보며 웃고 있었다. 머리는 언제 감았는지 모를 만큼 헝클어져 있었고 곳곳에 머리가 세어 있었다. 하얀 얼굴에 비뚤어진 눈썹, 초점

없는 눈으로 씨익 하고 미소를 짓는데, 그 모습이 매우 기이하고도 기분이 나빴다. 그녀는 계속 내 이름을 불렀다.

"차… 기… 석! 차… 기… 석! 차… 기… 석! 차…기…."

내 이름을 부르지 않았다면 무시하고 마트로 갔을 텐데. 나를 알고 있다는 사실에 궁금하기도 하고 기분이 나쁘기도 해서 그냥 지나갈 수 없었다.

"저기요? 내 압니까?"

여자는 여전히 미소를 지으며 고개를 끄덕였다.

"내를 어떻게 아는데요? 저는 당신이 누군지 모릅니다. 아는 척하지 마이소."

욕이라도 퍼붓고 싶었지만, 행색이 평범치 않은 데다 미친 여자처럼 보여서 큰소리만 치고 냅다 집으로 향했다. 그러나 몇 발자국 걷지 못하고 멈출 수밖에 없었다. 신경이 쓰여서 곁눈질로 옆을 보며 걸었는데 그 여자가 빠른 속도로 벽을 타며 기어 올라오고 있었다. 저건 사람이 아니라는 생각에 온 힘을 다해 뛰었다. 아니, 잡히면 죽는다는 생각으로 뛰었다. 도망치면서 주차된 차의 사이드미러를 봤는데 여자가 빠르게 기어 오고 있었다.

그날, 참 이상했다. 원래 동네에 사람이 자주 다니지 않기도 하지만, 어떻게 그날은 지나가는 사람이 하나도 없는지. 죽기 살기로 집 안으로 들어갔다. 현관문의 모든 잠금장치를 잠갔다. 집에 있는 창문도 모두 닫았다. 침대 한구석으로 가 이불을 둘러쓰고 숨을 헐떡대며 벌벌 떨었다. 여자가 집으로 찾아올까 봐 조마조마했다. 너무 무서워 친구에게 전화를 하려는데, '아뿔싸…!' 도망치면서 핸드폰을 떨어트린 것 같았다. 주머니를 아무리 뒤져도 핸드폰은 없었다.

"아… 왜 하필 나한테 이런 일이…."

2

컴퓨터를 켜고 메신저에 로그인했다. 친한 동기나 후배가 있다면 내 핸드폰으로 전화를 걸어 찾아달라는 부탁을 하기 위해서였다. 그러나 스마트폰으로 빠르게 바뀌고 있던 시대라, 접속자가 단 한 명이었다. 05학번 후배 녀석이 있는데, 또라이 중의 상또라이로 소문이 좋지 않은 녀석이 었다. 유일하게 모든 선배들이 포기한 녀석으로 예의도 없고 버릇도 없었다. 짧은 순간 고민했다. 그래도 핸드폰이 먼저이기에 그 녀석을 택할 수밖에 없었다.

나: 상돌아… 형이 부탁 좀 해도 될까?

후배: ㅇㅇ 뭔데?

나: 형이 핸드폰을 잃어버렸는데… 전화 좀 해서 찾아줘라!

후배: 저녁에 고기 삼?

나: 찾아만 주면 뭐든 ㅠㅠ

후배: 지금 하는 중….

녀석은 당장 전화를 걸었다. 그런데 현관문 밖에서 내 전화와 같은 벨소리가 울렸다.

"띠리리리리 띠리리리리리… 띠리리리리 띠리리리리리리…."

나도 모르게 현관문을 열었다. 그러나 아무도 없었다. 복도를 샅샅이 둘러보아도 지나가는 사람 하나 없었다. 나는 확신했다. 좀 전에 현관 밖에서 울린 핸드폰 벨소리는 내 것이라는 걸 말이다. 내 핸드폰과 벨소리가 똑같은 사람이 있을 확률은 지극히 낮았다. 애니메이션 엔딩 곡을 직접 편집해서 만든 것이기 때문이다. 후배에게 다시 한번 전화해보라고 메시지를 보내고 있는데, 녀석의 상태가 오프라인으로 바뀌었다. 한숨이 나왔다. 이게 무슨 일인지… 자포자기의 심정으로 침대에 누웠다.

그 여자의 정체는 뭘까? 내가 헛것을 본 것인지, 그것이 진짜 귀신 같은 것인지… 그냥 미친 여자였나? 생각에 생각이 꼬리를 물다 스르르 잠이 들었다.

얼마나 잤을까? 기분이 매우 이상했다. 침대가 좌우로 흔들리는 것 같았다. 깜짝 놀라 눈을 떴다. 침대가 정말 흔들리고 있었다. 무슨 일인가 싶어 일어났다. 신어천에서 봤던 여자가 눈앞에 있었다. 그녀는 발 아래쪽에서 침대를 흔들고 있었다. 뭐가 그리 좋은지 나를 보며 미소를 지었다. 침대를 흔들며 자신의 머리도 좌우로 흔들어대는데, 너무 무섭고 해괴망측했다.

"차… 기… 석! 차… 기… 석! 차… 기… 석! 차…기….."

이상한 목소리로 다시 내 이름을 불렀다. 부를 때마다 심장이 멎을 만큼 겁이 났다. 그러거나 말거나 여자는 침대를 마구 흔들어댔다. 그 상황이 너무 무서웠던 나는 있는 힘껏 소리를 질렀다.

"으악!"

그런데 갑자기 누군가가 현관문을 세게 두드렸다.

"쿵! 쿵! 쿵!"

문을 어찌나 세게 두드리는지, 여자도 침대를 흔들다가 멈췄다.

"이런 젠장… 문 열어! 빨리 안 열어?"

한 남자가 화를 내며 문을 마구 두드렸다. 정신을 차리고 보니, 버르장머리 없는 05학번 후배였다. 녀석은 문을 부술 기세로 몸을 부딪치며 내 이름을 불러댔다. 녀석이 내는 소음에 옆집 사람들이 항의를 했다. 그러나 녀석은 오히려 그 사람들에게 역정을 냈다.

내 앞에 있던 여자가 당황하기 시작했다. 그녀는 방을 정신없이 돌아다녔다. 녀석의 목소리가 더욱 커지자, 바퀴벌레처럼 어디론가 숨으려고 했다. 숨을 곳이 없자 벽을 타고 천장을 마구 기어 다녔다. 다시 소리를 지르려고 했지만 여자는 천장에 매달린 채, 내 얼굴을 내려다보며 집게손가락을 입에 댔다. 조용히 하라는 신호였다. 무서운 표정이었기에 거역할 수 없었다.

후배 녀석은 문을 열지 않으면 죽이겠다며 행패를 부렸다. 여자는 창문 가까이 간 뒤, 나에게 창을 열라고 손짓했다. 겁에 질려 덜덜 떨며 창문을 열었다. 그러자 여자가 순식간에 창밖으로 기어 나갔다. 냉큼 창문을 닫고 서둘러 현관문을 열었다. 녀석이 씩씩거리며 들어왔다.

"꼴 보니까 귀신한테 홀렸구만?"

깜짝 놀라 아무 말도 못 하고 녀석만 바라봤다.

"멍청하게 뭘 보노? 어떻게 알았냐고?"

3

나와 메신저를 한 녀석은 내 핸드폰으로 전화를 했다. 다행히 어떤 여자가 전화를 받았다. 핸드폰을 주워서 자기가 보관하고 있으니, 저녁 일곱 시경에 신어천 다리에서 만나자는 것이었다. 그래서 녀석은 시간 맞춰 약속 장소로 나갔다. 하지만 다리 난간 위에는 핸드폰만 있을 뿐 여자는 없었다.

"이런 요망한 년, 낚였네…. 신어천 귀신… 잡을 수 있었는데…."

녀석은 그녀가 신어천에서 유명한 귀신이라고 했다. 그녀가 자신을 속이고 나에게 갔을 거라는 확신이 들어 우리 집으로 발걸음을 돌리려는 순간, 트럭이 빗길에 미끄러져 자신을 향해 달려왔다고 했다. 다행히 피했지만 트럭은 신어천 위 나무 난간을 들이받았다. 피하지 못했으면 즉사했을 수도 있을 만큼 위험했다. 녀석은 자신에 대한 도전이란 생각에 매우 분노하며 우리 집으로 달려온 것이었다.

"아마도 고것이 내 정체를 알았겠지. 아 요망한 귀신년…. 내도 전화 받자마자 귀신이란 걸 알았는데…."

나는 녀석에게 조심스럽게 물었다.

"니 정체가 뭔데? 무당이가? 퇴마사 같은 기가?"

녀석은 알 거 없다며 말하기를 꺼려 했지만, 훗날 그 비슷한 일을 한다고 들었다. 그래서 귀신도 녀석의 정체를 눈치 채고 도망간 것 같았다. 어쨌든 핸드폰도 찾고 귀신도 내쫓았다. 그날 고기를 먹으면서 녀석이 내게 삼방동 귀신에 대해서 말해줬다. 꽤 오래전부터 김해 삼방동에 사는 물귀신인데 신어천을 돌아다니며 주위 사람들에게 말을 건다는 것이다.

귀신이라면 안 보이는 게 정상이다. 보인다 하더라도 절대 아는 척을 하면 안 된다고, 녀석은 말했다. 간혹 나처럼 말을 걸거나, 아는 척을 하게 되면 자신이 보이는 줄 알고 그때부터는 계속 모습을 나타내는데, 죽을 때까지 쫓아다니며 괴롭힌다고 했다. 때문에 반드시 자신이 잡아야 한다고도 했다.

녀석이 반드시 잡는다고 한 지 6년이 지났다. 하지만 아직도 못 잡았다고 한다. 그래서 그런가? 오늘처럼 비가 오는 날이면 불안함에 잠 못 든다.

수면유도제

1

대학 졸업 후, 죽기 살기로 이력서를 쓴 지 2년 만에 조그마한 게임회사에 취직하게 되었다. 다시 오지 않을 기회라 생각하고 온 힘을 다해서 일했다. 3개월 인턴 과정 후, 다시 한번 정규직 면접이 남아 있었다.

매일같이 아침 일곱 시에 출근해서 청소하고 아침 회의 준비하고… 본격적으로 업무 및 잡일을 하고 나면 밤 열한 시였다. 그 결과 정규직이 되었다. 정규직이 되고 나니 더욱 괴로웠다. 기획팀에 있었는데 선배를 비롯한 상사들이 악필로 적은 메모들을 문서화해서 정리해야 했고, 담당 업무를 처리하다 보면 자정을 넘기는 건 당연했다. 그렇게 3개월째 밤낮없이 일했다. 그러나 사장은 일이 더디다며 더욱 열심히 하라고 채찍질했다.

"그런 열정도 없이 입사했나? 돈 벌기 쉬운 거 아니야. 우리 때는 네 시간 자면서 일했어. 그래도 너는 여섯 시간은 자잖아?"

집에 들어와도 제대로 잠들지 못했다. 자다가 수도 없이 깼다. 뭔가 빠트렸을까 봐 서류를 다시 확인하고 잠을 청하는 날이 대부분이었다. 윗사람들에게 핀잔을 듣기 싫어서 완벽해지려고 노력했다. 그럼에도 불구하고 늘 별것 아닌 걸로 한 소리 들었다.

그러던 어느 날, 건강에 문제가 생겼는지 뒷목이 당기면서 손이 저려왔다. 마비가 온 것처럼 몸 전체가 찌릿했다. 병원에서는 과로 같으니 쉬라고 했다. 갑자기 이렇게 살아서 뭐 하나, 싶었다.

'그래, 고마 잘리면 잘리는 기지. 건강이 먼저 아이겠나?'

회사에 전화해서 못 간다고 말했다. 과장은 아플 틈이 있느냐며 비아냥댔다. 그러든 말든 전화를 끊어버렸다. 한 방 먹였다는 생각에 통쾌한 기분으로 침대에 누웠다. 그런데 잠이 오지 않았다.

수면유도제를 사서 한 알을 먹었다. 약효가 없었다. 그러면 안 되지만 두 알을 먹었다. 긴장이 풀리는 것 같았지만 여전히 잠은 오지 않았다. 그래서 한 줄을 입에 털어 넣었다. 정신이 몽롱해지면서 눈이 감겼다.

2

눈을 붙인 지 얼마나 지났을까. 여자친구 목소리가 들렸다. 눈이 떠졌다. 여자친구가 거실에서 내 이름을 불렀다.

"철민아, 철민아, 아직도 자는 거야? 일어나서 이것 좀 봐 봐."

반가운 마음에 벌떡 일어나서 나가려다 정신이 들었다. 나는… 얼마 전에 여자친구와 헤어졌다. 회사 일로 바쁘다

보니 소원해져서 별것 아닌 걸로 다투다가 헤어졌다.

머리가 너무 아팠다. 꿈이었거나 잘못 들은 거라고 생각하며 다시 잠을 청했다. 그런데 여자친구의 목소리가 또다시 들렸다.

"철민아, 철민아, 빨리 일어나보라니까?"

너무 생생해서 다시 눈을 떴다. 거실로 나갔다. 역시 아무도 없었다. 여자친구가 보고 싶었나 보다.

슬슬 약효가 나타났다. 그런데 이상하게 잠에 빠져들수록 나를 부르는 소리가 선명해졌다. 집중해서 들어보니 여자친구가 아닌 것 같았다.

"철민아, <u>흐흐흐</u>… 빨리 일어나서 이것 좀 보라니까? <u>흐흐</u>…"

오싹한 기분에 눈을 떴다. 비웃기라도 하는 듯 기분 나쁜 목소리였다. 머리가 깨질 듯이 아팠다. 그때 누군가가 방문을 두드렸다.

"최철민! 너 많이 아프다며? 들어가도 되니?"

같이 사는 형의 목소리가 들렸다.

"네, 형… 들어오세요."

문이 열렸지만 앞에는 아무도 없었다. 갑자기 오싹해졌다. 거실에서 누군가가 나를 또 불렀다.

"철민아, 철민아… 이것 좀 봐보라니까?"

목소리가 점점 가까워졌다. 비웃는 것 같기도 하고 놀리는 것 같기도 했다. 목소리는 더욱 가까워져 어느새 문 앞까지 왔다.

"철민아, 안 자는 거 다 알아…. 눈 좀 뜨고 이것 좀 봐…, 히히…."

그제야 눈치챘다. '아, 귀신의 짓이구나….' 심장이 빠르게 뛰었다. 너무 무서워서 눈을 질끈 감았다. 깨어 있으면 귀신을 볼 것 같았다. 문 앞에서는 그런 나를 겁쟁이라고 놀려대는 소리가 들렸다.

"남자가 겁이 많네? 꼬추 떼야겠어. 그래도 이거 한번 봐봐, 흐흐흐…. 아하하하하, 으하하하…."

괴이한 웃음소리가 집에 울려 퍼졌다. 무서워 벌벌 떨며 자는 척 연기를 했다. 한동안 비웃음과 조롱이 귓가에서 떠나지 않았다.

몇 시간쯤 지났을까…? 웃음소리가 멈췄다. 다시 조용해졌다. 그래도 나를 빤히 보고 있을까 봐 무서웠다. 형이 올 때까지 눈을 감고 있었다. 이윽고 번호키를 누르는 소리가 들렸다.

"삐삐삐삐삐 삐빗! 띠리리…."

" 민아, 왔다… 인마."

형의 목소리가 어찌나 반가웠는지 모른다. 재빨리 일어났다.

"으아아악!"

3

당시 내 기억으로… 형은 애초에 오지 않았다. 대신 한 여
자가 나를 보고 있었는데, 그것은 나를 불러대던 귀신이었
던 것 같았다.

검은 옷을 입은 그녀는 목이 돌아간 채 방문 위쪽에 거꾸
로 매달려 무서운 표정으로 나를 노려봤다. 그것을 보고 너
무 놀라서 까무러쳤다. 내가 놀라는 모습을 보고 그녀는 깔
깔 웃었다.

정신을 차려보니 응급실이었다. 형이 상태가 좋지 않은
나를 발견해 병원으로 옮긴 것이다. 의사는 수면유도제 과
다 복용이 문제가 된 것 같다고 했다. 따끔한 충고를 들었
다. 건강 상태가 좋지 않아서 좀 쉬겠다고 했지만, 회사에서
는 신입이 회사를 그렇게 오래 비우면 안 된다며 퇴직 처리
를 했다.

그날의 일이 꿈인지, 생시인지 지금도 잘 모르겠다. 하지만 그 귀신을 생각하면 너무도 생생하다. 이후로 나는 그 집을 나왔고 수면유도제 따위는 입에도 대지 않는다. 아직도 그 생각만 하면 무서움에 잠들지 못할 때가 많다.

용제 아버지

1

일요일 아침이었다. 편의점에 다녀오는 길에 빌라 입구에서 용제 아버지를 만났다. 용제 아버지는 쪼그려 앉아 담배를 태우고 있었다. 그는 뭔가 고민이 있는 듯 미간을 잔뜩 찌푸렸다. 친구 아버지지만 워낙 허물없는 사이라 자연스레 평소처럼 인사했다.

"아버지, 안녕하세요?"

깜짝 놀란 용제 아버지는 그제야 나를 보며 급히 담배를 껐다.

"어?! 작가야, 마트 갔다 오나?"

나는 비닐봉지에서 요구르트 하나를 꺼내 용제 아버지에게 드렸다. 용제 아버지는 떨리는 손으로 요구르트를 한 모금 마시며 말했다.

"작가야, 니 바쁘나? 우리 집 와서 아침 안 묵을래?"

흔쾌히 수락했다. 식사를 하다 보니 용제 아버지에게 말 못할 고민이 있다는 것 같았다. 식사를 마치고 차를 마셨다. 그는 여전히 나에게 뭔가를 말하고 싶어 했다. 한참을 망설이다 결국 말을 꺼냈다.

"작가야, 니… 혹시 말이다…. 귀신 같은 거 믿나?"

순간, 멈칫했다. 이게 무슨 소린가, 하고 생각했다. 용제 아버지는 중학교 수학선생이다. 세상의 모든 순리는 수학에 기초하고 있다며 민간신앙을 비롯한 종교를 부정하는 사람이다. 그런 사람 입에서 귀신이라니?

"아버지, 그게 무슨 말씀이십니까?"

용제 아버지는 말을 더듬으며 이야기를 시작했다.

"사실 그게…."

용제 아버지는 얼마 전, 지인 초상집에 다녀왔다. 특이하게도 경상남도 산청 깊은 산속에 장례식장이 있었다. 밤늦게 도착하여 지인의 가족을 만나고 나오는데 육개장을 거하게 먹어서 그런지 갑자기 배가 아파왔다. 화장실이 장례식장 외부에 분리되어 있는 게 무서워 가기 싫었지만, 이미 뱃속에서는 치열한 전쟁이 한창이었다. 칙칙한 전구 하나에 의존한 컴컴한 화장실, 하필이면 재래식이라서 냄새도 심하고 아무튼 별로였다. 그렇게 앉아서 한참 일을 보는데 누군가가 화장실 밖에서 서성였다. 처음에는 용변이 급한 사람인 줄 알았는데 비어 있는 칸에 들어가지 않아 왠지 찝찝했다. 그런데 밖에 있던 양반이 용제 아버지가 일을 보던 칸의 문을 두드렸다.

"똑, 똑, 똑…."

용제 아버지는 사람이 있다며 기다리라고 말했다. 그러

나 밖에 있는 사람은 문을 또 두드렸다.

"이보세요, 사람이 있다고 하지 않았습니까?"

그러자 문밖에 있는 사람이 용제 아버지에게 말을 걸었다.

"자네, 강재익이 아닌가?"

'강재익'은 용제 아버지의 이름이다. 용제 아버지는 밖에 있는 사람의 목소리가 조금 이상하게 느껴졌다. 화장실이라 그런지 모르겠으나, 메아리치듯 심하게 울렸다. 당황했지만 그래도 차분하게 대답했다.

"네, 그렇습니다. 제가 강재익입니다. 저를 아십니까?"

그 남자는 용제 아버지의 말에 크게 웃었다. 하지만 그 목소리가 왜 그렇게 무섭게 들리는지, 소름이 돋았다.

"으하하하하… 으하하하… 알지. 강재익… 내가 왜 자네를 모르겠나?"

용제 아버지는 고개를 갸우뚱거리며 조심스레 물었다.

"실례지만 누구…십니까?"

남자는 자신을 소개했다.

"이보게 재익이, 나 어제 죽은 박 아무개라네. 김 아무개와 정 아무개는 언제 온다던가?"

용제 아버지는 일을 보다가 주저앉아버릴 만큼 깜짝 놀랐다.

"장난치지 마십시오. 죽은 사람가지고 장난치는 거 아닙니다."

"어허허… 자네 정녕 못 믿는 건가? 자네 아들 이름을 누가 지어줬는가?"

박 아무개는 용제 아버지에게 친형 같은 존재로 '용제'와 '용성'이 두 아들의 이름까지 지어준 사람이었다. 이름을 지어줬다는 사실은 박 아무개와 용제네 식구밖에 모르기 때문에 그제야 확신이 들었다. 그러고 보니 목소리가 크게 울렸을 뿐, 말투는 박 아무개가 틀림없었다. 용제 아버지는 그제야 그를 알아보고 통곡했다.

"아이고, 형님… 어떻게 저를 찾아오셨습니까?"

박 아무개는 용제 아버지에게 말했다.

"마지막 가는 길에 자네에게 말 한번 걸고 가려고…."

"아이고, 형님…."

용제 아버지가 문밖으로 나가려고 했다. 그러나 문이 열리지 않았다.

"그런데… 말이야…."

"네, 형님?"

"그런데… 흐흐…."

박 아무개는 한참을 흐느끼다 뜸을 들였다.

"나는 김 아무개와 정 아무개를 저승에 같이 데려갈 걸세…. 그들에게 반드시 전해주게. 내 기필코 그들을 데려가겠다고 말이야, 흐흐흐…."

용제 아버지는 그 이야기를 듣고 너무 놀라 문을 박차고 나왔다. 화장실에는 박 아무개뿐만 아니라, 사람의 흔적도 없었다. 놀란 용제 아버지는 대충 뒤처리를 하고 나왔다. 박 아무개를 찾기 위해 이곳저곳을 둘러봤다. 화장실 입구에 있는 불빛 뒤로 검은 실루엣이 보였다. 그것을 보고 소리를 질렀다. 박 아무개가 갓을 쓴 저승사자의 모습으로 용제 아버지를 보고 있었다. 분명 박 아무개였고, 그는 용제 아버지를 알아보는 듯 씨익 하고 웃었다. 친분이 두터운 사이임에도 불구하고 죽은 사람이라 생각하니 반가울 리가 없었다. 너무 무서운 용제 아버지는 장례식장으로 전력을 다해 달렸다. 그리고 친구인 김 아무개와 정 아무개에게 바로 전화를 걸었다. 둘은 무슨 영문인지 전화를 받지 않았다.

2

장례식장에 오기 전, 정 아무개와 김 아무개에게 연락을 했다. 하지만 그들은 바쁘다는 핑계를 댔다. 살가웠던 모습은 온데간데없고 차갑고 무심한 말투가 수화기 너머로 들려왔다.

"고마, 바쁘기도 하고 가기 좀 그렇다. 그리고 내가 가면 뭐 할 거고? 박 아무개 형님은 안됐지만서도 목구멍에 풀칠하는 게 더 급하지 않겠나?"

도리를 저버린 친구들이 괘씸해 마음이 불편했다. 아낌없이 모든 걸 주던 형님이 죽었는데 그런 식으로 말하다니, 앞으로 상종도 하지 않겠다고 다짐하며 장례식장에 온 것이다. 그런데 화장실에서 박 아무개의 영을 만날 줄이야…. 상상도 못한 일이었다.

용제 아버지는 가끔 그날의 일을 생각하며 말하곤 한다.

"갓을 쓴 박 아무개 형님이 내를 보면서 씨익 하고 웃는 모습이 떠오를 때면 아직도 잠이 안 올 만큼 무섭다. 내도 그 형님한테 마음의 죄를 지은 건 아닌지, 그런 생각이 든다."

아무튼 다급하게 전화를 걸어도 받지 않는 김 아무개와 정 아무개였다. 용제 아버지는 이들 사이에 무슨 일이 있었는지 물어보려 했지만 연락이 되지 않아 그렇게 부산으로 오고 말았다.

"작가야, 니는 내 말에 믿음이 가나?"

무서운 이야기를 수집하는 사람으로서 충분히 일어날 수 있는 일이라고 본다. 그러나 당시에는 강 건너 불구경하는 마음이었기에 별일 아니라며 위로만 건넸다. 위로는 쓸모가 없었다. 계속 불안해하셨기 때문이다. 끊임없이 담배를 피워댔고 핸드폰을 수시로 확인했다. 하지만 그들에게 연락은 오지 않았다. 꽤 오랫동안 그랬던 것 같았다.

그 이야기를 들은 지도 6개월이 지났다. 용제와 술을 한잔하게 되었다.

"마, 아버지 잘 계시나? 그때 보니까 걱정이 많으시더만?"

용제는 부친의 이야기가 나오자 인상을 찌푸렸다.

"아이고, 말도 마라. 귀신이 어쩌고저쩌고하다가 병원에 입원하고 난리도 아니었다."

이상하게 '귀신'이란 단어 때문에 심장이 덜컥 조였다.

"작가 니한테도 우리 아버지가 얘기했다매? 정 아무개랑 김 아무개 아저씨…."

용제 아버지는 당시에 그 둘이 죽었다는 소식을 들을까 봐 마음이 조마조마했다고 했다. 그래서 조심스럽게 두 사람의 안부를 물었다.

"와? 두 분한테 무슨 일이 있드나?"

"에휴…."

용제 아버지는 그들이 전화를 받지 않자, 결국 집으로 찾아갔다. 먼저 근처에 사는 정 아무개의 집으로 찾아갔다. 오랜 시간 문을 두드린 끝에 정 아무개의 아내가 문을 열어줬다. 아내는 신경쇠약에 걸린 듯 매우 야위어 있었다. 그녀는 굉장히 날카롭고 신경질적인 언행으로 용제 아버지를 맞이했다. 집 안에 들어갔을 때, 이상하고 불쾌한 냄새가 났다. 집 안은 아수라장이었다. 아내는 손가락으로 안방을 가리켰다. 안방 문손잡이를 돌렸지만, 잠겨 있었다. 용제 아버지는 정 아무개를 불렀다.

"이보게. 내다, 재익이. 문 좀 열어주게."

정 아무개는 기척이 없었다. 정 아무개의 아내가 노려보며 말했다.

"며칠 전부터 죽은 박 아무개가 눈에 보인다는 거예요. 그러더니 물건을 집어 던지고 때려 부수고 허공에 대고 욕을 하다가 결국 안방에 들어가서 며칠째 나오지 않는 거예요."

용제 아버지는 걱정스러운 마음에 억지로 문을 따고 들어갔다. 정 아무개는 이불을 뒤집어쓰고 벌벌 떨고 있었다. 이불을 조심스레 걷었다.

"아이고 형님, 박 아무개 형님 제가 잘못했십니다. 제발, 제발, 지는 좀 살려주이소. 제발…."

정 아무개는 겁에 질려 눈물을 흘리며 용제 아버지를 보고 싹싹 빌었다. 눈이 풀려서 제정신이 아닌 것처럼 보였다. 그를 진정시키기 위해 손을 잡고 달랬다.

"이보게 내다, 재익이. 강재익이라니까?"

그제야 정신을 차린 정 아무개는 용제 아버지를 안고 울음을 터트렸다. 상황이 조금 정리가 되었다. 정 아무개는 자신이 겪은 이야기를 들려주었다.

정 아무개와 김 아무개는 박 아무개에게 거액의 돈을 빌렸었다. 둘은 함께 큰 음식점을 차리기로 했는데 준비 과정이 복잡하고 시간도 오래 걸렸다. 무엇보다 마음이 맞지 않아 동업이 결국 무산됐다. 거액의 돈을 다시 박 아무개에게 줘야 하는 상황이 됐다. 그러나 큰돈이 생기니 주기가 싫어졌다. 어떻게 될지 모른다는 핑계로 자신들이 돈을 가지고 있기로 했다. 인간의 본성은 변하지 않는다고 했던가. 그들은 돈을 유흥비로 다 써버렸다. 박 아무개에게는 처자식이 없는 터라, 그 돈을 돌려줘도 당장은 쓸 일이 없다고 생각했다. 후에 본인들이 벌어서 주려고 했지만 박 아무개가 갑작스레 숨을 거두는 바람에 돈에 관한 이야기를 할 기회가 사라진 것이다. 박 아무개는 자신의 가족도 모르게 아무 대가 없이 돈을 빌려줬지만, 장례식장에 가면 박 아무개 가족들이 빌린 돈 이야기를 할까 봐 일부러 피한 것이었다. 둘은 입을 맞췄다. 처음에는 죄책감에 시달렸지만 이후에는 오히려 좋았다.

박 아무개의 장례 첫째 날 밤, 정 아무개는 술이나 한잔하고 자려고 했다. 술을 잔에 따르는 순간, 누군가의 목소리가 들려왔다.

"가자…."

깜짝 놀랐으나, 대수롭지 않게 생각했다. 다시 술을 따르다 술잔을 바닥에 떨어트렸다. 무의식중에 박 아무개를 생각한 자신에게 짜증이 나 한숨을 쉬며 탁자 아래로 몸을 구부렸다. 그런데 탁자 아래에서 박 아무개가 무서운 표정으로 자신을 노려보고 있는 게 아닌가. 그렇게 놀란 건 처음이었다고 한다. 너무 당황했고, 무서워서 말도 나오지 않았다. 방 안에 있는 부인을 불러야 했지만 말을 하려 할수록 심장이 조여왔다.

"가자…. 어서 가자…."

박 아무개는 자신과 함께 가자며 다가왔다. 박 아무개의 모습은 겁을 먹기에 충분했다. 갓을 쓰고 검은 두루마기를 입은 것이 저승사자 같았다. 그뿐만이 아니었다. 박 아무개 뒤에는 저승사자가 셋이나 더 있었다. 그들이 무서운 표정으로 다가왔다. 놀라 뒤로 나자빠졌다.

"빨리 가자. 어서… 날 따라 가자, 가자…."

박 아무개는 같은 말을 반복하며 정 아무개의 팔을 잡았다. 기겁한 정 아무개는 졸도했다.

3

이후 정 아무개 앞에 박 아무개의 혼령이 자주 나타났다.

처음에는 밤에만 나타났다. 하지만 장례가 끝난 뒤부터, 밤 낮 없이 나타나 자꾸 어디론가 가자고 했다. 고통스러울 만 큼 무섭고 두려운 나머지 손에 잡히는 대로 물건을 던지고 골프채를 휘둘렀지만 소용이 없었다. 박 아무개의 혼령은 정 아무개를 조롱하듯 나타났다 사라졌다를 반복했다. 그 러던 어느 날, 지쳐 누웠는데 박 아무개가 또 나타나 팔을 세게 잡아당겼다.

"가자, 어서 가자…."

지치고 꽤씸해서 박 아무개에게 물었다.

"형님, 도대체 어딜 가자고요?"

박 아무개의 표정이 무섭게 변했다.

"저승이지, 이놈아. 어서 가자, 빨리… 시간이 없어."

박 아무개가 팔이 떨어져 나갈 정도로 세게 잡아당겼다. 정 아무개는 정말 죽을 수도 있겠다는 생각이 들었다. 팔을 세차게 뿌리치고 이불 속으로 들어가 몸을 웅크렸다. 그날부터 저승사자들이 정 아무개의 주위를 둘러싸며 가자고 재촉했다. 정 아무개는 살기 위해 버텼다. 한동안 귀신들과의 실랑이가 계속되었다. 그렇게 시간이 흘러 용제 아버지가 찾아온 것이다. 정 아무개는 용제 아버지의 얼굴을 보고 마음이 놓였는지 그제야 정신을 차리기 시작했다.

"재익이, 김 아무개한테 같이 좀 가자. 그 친구도 박 아무개 형님한테 몹쓸 짓을 했다 아이가…?"

"김 아무개도 연락이 안 된다. 무슨 일이 생기지 않기만 바랄 뿐이다."

둘은 김 아무개가 있는 김해시 삼계동으로 가기 위해 용제 아버지의 차로 갔다. 그런데 정 아무개가 경악을 하며 소리쳤다. 박 아무개가 뒷좌석에 앉아 있었다. 용제 아버지는 공포에 떠는 정 아무개를 달랬지만, 그는 웅크린 채로 뒷좌석만 가리키고 있었다. 하지만 용제 아버지 눈에는 아무것도 보이지 않았다.

용제의 말을 들어보면, 용제 아버지도 그런 소름 끼치는 일은 처음이라 모든 걸 포기하고 싶었다고 한다. 그러나 이

들은 어린 시절부터 동고동락하던 사이 아니던가. 박 아무개 형님을 배신한 두 친구가 밉고 괘씸했지만 사람은 살리고 보자는 생각으로 그들을 도왔다고 한다.

정 아무개는 아내보다 용제 아버지와 있는 것이 백번 안전하다고 생각했다. 결국 용제 아버지 차에 탔다. 용제 아버지도 뒷좌석을 의식하지 않을 수 없었다. 옆에서 정 아무개가 하는 말이, 뒤에서 박 아무개가 자신의 귀에 대고 "저승으로 가자"며 계속 속삭인다고 했다. 정 아무개는 겁에 질려 눈이 풀렸다. 믿지도 않는 하느님까지 찾았다. 지켜보는 용제 아버지도 미칠 노릇이었다. 그런데 그날따라 운전이 너무 안 됐다. 크고 작은 사고 위기도 있었고 핸들이나 액셀 같은 것들도 제대로 움직이지 않았다. 위태롭게 운전을 해 김 아무개의 집에 도착했다.

용제 아버지는 김 아무개도 박 아무개의 혼령에 시달려 정신이 이상하지 않을까, 내심 걱정했다. 숨을 죽이며 조심스레 벨을 눌렀다.

"띵동!"

얼마 지나지 않아 누군가 문을 열었다. 김 아무개였다.

"김 아무개야, 와 이렇게 연락도 안 받고 그라노? 걱정하지 않았나?"

김 아무개는 말없이 소파에 앉았다. 다행히 정 아무개처럼 무언가에 시달린 흔적은 없었다. 용제 아버지는 걱정이 지나친가, 싶었다. 정 아무개는 대뜸 김 아무개의 팔을 잡았다.

"김 아무개야, 지금이라도 박 아무개 형님 돈 갚고 용서를 구하자."

하지만 김 아무개는 아무 표정 없이 냉소적으로 말했다.

"늦었다…."

용제 아버지는 김 아무개가 아직도 욕심을 버리지 못한 줄 알았다.

"뭐가 늦었는데? 박 아무개 형님 묘소에 가서 용서 구하고 가족들한테 설명하면 된다."

그러나 김 아무개는 용제 아버지의 말에 공감할 수 없다는 듯 다시 냉소적으로 답했다.

"늦었다…."

용제 아버지는 김 아무개가 이상했다. 김 아무개는 성격이 불같아서 돈 이야기만 나오면 화를 냈는데, 평소와 다르게 차분했다. 다른 사람 같아 보였다. 그런 것도 눈치채지 못한 정 아무개는 김 아무개에게 계속해서 읍소했다.

"형님 돈 빌려놓고 그런 마음을 먹은 건 우리가 잘못한 기라. 고마 우리 형님 돈 갚고 형님 가족들한테도 사죄드리자."

김 아무개는 미동도 없이 허공을 응시했다. 용제 아버지의 말대로라면 눈이 뒤집혔다고 해야 하나? 얼굴이 점점 일그러지더니, 옆에 있던 술병으로 정 아무개의 머리를 내리치려 했다. 깜짝 놀란 용제 아버지는 김 아무개의 팔을 잡아막았다.

"니 지금 뭐 하는 건데?"

얼굴이 일그러진 김 아무개는 정 아무개를 노려보며 말했다.

"그래, 오늘 둘이서 저승에 가자."

김 아무개는 괴력으로 용제 아버지를 밀치고 부엌에서 칼을 들고 와 정 아무개를 찌르려고 했다. 김 아무개의 집은 난장판이 됐다. 김 아무개는 친구도 알아보지 못하고 칼을 마구 휘둘렀다. 겁을 먹은 정 아무개는 방 안으로 도망쳤다. 김 아무개는 정 아무개에게 당장 나오라고 소리를 질렀다. 그런데 목소리가 박 아무개와 비슷해 용제 아버지는 놀라고 말았다.

"어서 나와! 어서 나와서 가자…! 시간이 없다!"

정 아무개는 무서워서 문을 꼭 잠갔다. 문이 열릴까 봐 문손잡이를 꽉 잡았다. 김 아무개는 문이 열리지 않자, 갑자기 칼로 자신의 배를 찌르려 했다. 이를 본 용제 아버지가 다급하게 그의 손을 막았다.

"놔, 빨리 놔라! 이러다가 너까지 다친다! 어서 놔!"

박 아무개의 목소리가 뚜렷하게 들렸다. 경악한 용제 아버지는 김 아무개의 다리를 잡고 통곡했다.

"형님, 저 재익입니더. 저를 봐서라도 김 아무개랑 정 아무개를 살려주이소. 김 아무개랑 정 아무개를 살려주시면 형님 돈도 갚고, 앞으로 착실하게 살게 하겠십니더…."

김 아무개, 아니 박 아무개는 몸을 부들부들 떨었다.

"재익이 자네, 내가 얼마나 원통한지 아는가?"

용제 아버지는 고개를 끄덕였다.

"처자식은 없지만 가족이 치르는 내 장례에도 제대로 못 가봤다. 저 두 녀석만 데려가려 했건만…. 저 둘을 데려가야, 이 한이 풀릴 것 같았다. 고생한 우리 어머니, 이혼한 동생이랑 더 이상 고생 안 하게 해주려고 했는데…. 저 두 녀석이 감히… 자네 같아도 원통해서 저세상으로 못 가지 않겠는가?"

용제 아버지는 그제야 박 아무개의 마음을 이해했다.

"재익이 자네, 내 자네를 봐서 이 두 인간들을 살려주지만, 저 둘이 변하지 않는다면 지옥에서라도 가만두지 않을 걸세. 자네가 책임지고 나의 원한을 풀어주게. 자네만은 내가 믿으니…."

"형님, 걱정 마이소. 제가 책임지고 저 둘과 형님 가족에게 찾아가겠십니더."

김 아무개는 쥐고 있던 칼을 놓고 혼절해버렸다. 창문이 스르르 열렸다. 박 아무개의 혼령이 집 밖으로 나간 것 같았다.

이후 용제 아버지와 두 친구는 박 아무개의 가족을 찾아가 사과했다. 정 아무개와 김 아무개는 빚을 모두 갚았다. 그러고 박 아무개의 무덤에 찾아가 용서를 구했다. 그 뒤로는 박 아무개가 나타나 해코지를 하지 않았다.

용제가 말하기를, 그 일이 있고 난 뒤 용제 아버지는 며칠을 끙끙 앓았다고 한다. 박 아무개가 자주 꿈에 나타났기 때문이란다. 별것 아닌 것에 겁을 먹기도 하고 발작을 일으켜 병원에 간 것이 한두 번이 아니었다. 일상생활이 불가능할 정도였다. 그러더니 뜬금없이 허공을 보며 귀신이 있다는 둥, 저승사자가 있다는 둥 황당한 이야기만 해서 가족들이 고생을 좀 했단다. 용제 아버지는 결국 정년 퇴임을 몇 년 앞두고 학교를 그만뒀다. 무당이니, 굿이니 생전 믿지 않던 양반이 그 후 귀신을 몰아내는 부적을 써 와 집안 곳곳에 붙여댔다.

아랫집의 귀신 소동은 우리 집으로 이어졌다. 아버지가 계속해서 귀신 꿈을 꾼다며 하소연하셨다. 평소 같으면 좋은 병원을 소개해줬을 용제 아버지는, 그 소리를 듣고 용한 무당집에 가자고 했다. 아버지는 용제 아버지의 적극적인 권유에 못 이겨 부산 동래구에 위치한 유명한 무당집에 따라갔다.

장산의 범

1

왜 이제야 생각났는지 모르겠다. 고등학교 시절, 담임선생님이자 한동네에서 나고 자란 동필이 형이 해준 이야기가 '장산범'이었단 사실을 말이다. 무더운 여름 날, 동필이 형이 장난삼아 해준 그날의 희귀한 이야기….

그러니까… 2004년 여름방학이었다. 동필이 형은 그날도 뿔이 났다.

"새끼들 진짜 너무하네? 이 새끼들 참말로 고3 맞나? 어째 수능 100일을 앞두고, 보충수업을 빼먹노? 하… 참… 이

새끼들 진짜 안 되겠네?"

교실에 남은 학생은 다섯 명뿐이었다. 그 반의 학생 수가 37명이었으니까, 32명이 땡땡이를 친 셈이다. 날은 덥고, 제자들은 땡땡이를 치고 아들뻘 되는 학생들을 일일이 때릴 수도 없고…. 헛웃음이 나왔다.

어차피 내일은 토요일이겠다, 장산 언저리에 캔맥주 사들고 올라가 죽이 잘 맞는 고 쌤이랑 노가리나 까야겠다, 싶었다. 바로 고 쌤한테 연락을 했다. 그런데 술이라면 빼지 않던 양반이 '비가 올 날씨네', '곧 흐릴 것 같네…' 하면서 자꾸 빼는 것이었다.

"에이 고 쌤, 날도 더운데 장산에 가가지고 얼음에 맥주 담가놓고 닭 한 마리 뜯어야지? 술이면 환장하는 양반이… 와 빼노? 내 사라고 안 할게!"

뭔가 불안하다던 고 쌤이었지만 동필이 형이 산다는 말에 결국 나왔다.

두 선생은 해가 지기 전에 맥주와 통닭을 두 손 가득히 들고 장산 아래에 있는 공원 구석에 자리 잡았다. 둘은 맥주와 치킨을 뜯으며 노가리를 까기 시작했다. 워낙 친했지만 성향이 너무 달랐기에 이야깃거리가 한 가지 나오면 주거니 받거니 옥신각신했다. 그날은 학생들의 체벌에 대한 이야기가 오고 갔다.

"남 선생, 애새끼들이 그렇게 말을 안 들어? 남 선생은 너무 오냐오냐하니까 문제인 거여…. 고런 싸가지 없는 자식들은 싸다구를 날려서 버릇을 고쳐놔야 한다고 봐."

동필이 형은 고 쌤을 보면서 빙긋이 웃었다.

"크흐흐흐… 그런다고 아새끼들이 공부할 거 같나? 고마 선생으로서 경고는 하지만, 보충학습 도망가는 거로 때리기에는 내사 마 맹분이 없다 아이가? 공부할 놈은 다 알아서 하고 안 할 놈은 지 먹고사는 거 찾아간다. 다만, 해서는 안 되는 짓을 하는 새끼들한테는 고마 몽둥이를 들어야지? 안 그렇나, 고 쌤?"

고 쌤은 동필이 형이 못마땅한 듯 고개를 절레절레 흔들었다. 둘은 이야기를 안주 삼아 술을 퍼마셨다. 시간 가는 줄 모르고 마시다 보니 어느새 캄캄해졌다. 하늘에서는 빗 방울이 조금씩 떨어졌고, 지나가는 사람도 이제 없었다. 고 쌤이 주섬주섬 주위를 정리하기 시작했다.

"남 선생, 이제 맥주도 얼마 안 남았는데… 요것만 마시 고 가지?"

술꾼 동필이 형은 아쉬웠지만 고개를 끄덕였다.

"그라믄 쪼매만 기다리라. 내 퍼떡 가서 소변 좀 누고 올 게…."

그 많은 맥주를 본인이 거의 다 마셨으니, 당연지사였 다. 소변 줄기가 끊어질 줄 몰랐다. 한참 일을 보고 있는 데, 화장실 문 앞에서 고 쌤의 목소리가 들려왔다.

"남 선생, 애새끼들이 그렇게 말을 안 들어?"

동필이 형은 고 쌤이 맥주를 많이 마셔 취한 줄 알았다.

"뭐라노, 고 쌤? 니 많이 취했나? 니도 마이 죽었네? 술주

정도 하고….”

그런데 고 쌤이 또 동필이 형한테 말을 걸었다.

“남 선생, 애새끼들이 그렇게 말을 안 들어?”

똑같은 말을 반복했다. 그럴 사람이 아닌데 말이다. 고 쌤은 지나간 것을 말하거나, 반복해서 말하는 것을 극도로 싫어했다.

“남 선생, 애새끼들이 그렇게 말을 안 들어?”

동필이 형은 직감적으로 이것이 고 쌤이 아니라는 걸 알아차렸다. 하지만 목소리는 여전히 고 쌤이라 의문이 갔다. 아니, 그것도 계속 들으니 목소리는 분명 고 쌤이지만 뭔가가 이상했다.

“남 선생… 애새끼들이… 그렇게… 말을 안… 들어? 그르르릉….”

말끝에서 고양이나 삵 같은 짐승들이 내는 소리가 미묘

하게 들렸다. 천천히 화장실 입구를 돌아봤다. 백발의 여자가 화장실 입구에서 머리만 빠끔히 내밀며 동필이 형을 노려보고 있었다. 화장실 조명 때문인지 그녀의 머리카락이 유난히 곱고 하얗게 보였다. 혹시나 잘못 보았을까? 안경을 고쳐 썼다. 백발의 무언가가 여전히 웃으며 동필이 형을 보고 있었다.

"남 선생, 애새끼들이 그렇게 말을 안 들어?"

그것은 계속해서 고 쌤의 목소리로 같은 말만 반복했다. 동필이 형과 눈이 마주치자 서서히 모습을 드러내기 시작했다. 얼굴만 봐서는 분명 사람이었다. 백발의 평범한 40대 여자였다. 하지만 산짐승처럼 네 발로 기어 다녔고, 온몸이 흰 털로 덮여 있었다. 일본 괴담에 나오는 요괴처럼 목만 길게 빼고 고개를 절레절레 흔들었다. 동필이 형을 쳐다보며 입맛을 다시는데 여간 요망한 것이 아니었다.

"남 선생은 너무 오냐오냐하니까 문제인 거여…. 고런 싸가지 없는 자식들은…."

술자리에서 했던 고 쌤의 말을 반복하며 천천히 걸어왔

다. 동필이 형은 위험을 감지했다. 그것이 고 쌤을 따라 하며, 몸을 웅크렸다. 나이 50이 넘도록 그렇게 무서웠던 건 처음이었다. 사람은 아니었고, 귀신도 아닌 것 같았다. 길게 뺀 목을 360도 돌려가며 얼굴을 시계 방향으로 움직였다. 눈과 입의 위치가 바뀌니 그녀의 얼굴이 더욱 무서워 보였다. 당장이라도 자신을 덮칠 것 같았다.

"남 선생은 너무 오냐오냐하니까 문제인 거여…. 고런 싸가지 없는 자식들은…."

고 쌤의 말을 계속 따라 해서 동필이 형은 무서운 것도 무릅쓰고 그 요망한 것에게 물었다.

"그… 그래서 우짤 낀데?"

그것은 눈웃음을 치며 이상한 웃음소리를 냈다.

"칼칼칼… 칼칼칼칼… 칼칼칼… 칼칼칼…."

눈을 번뜩이며 말했다.

"뼈와 살을 발라서 먹어야지."

그 순간만큼은 고 쌤의 목소리가 아니었다. 처음 들어보
는 목소리였다. 아마도 그것의 본래 목소리 같았다. 사람의
얼굴은 순식간에 사나운 맹수의 얼굴로 변해서 동필이 형
을 향해 달려들었다. 동필이 형은 재빨리 좌변기가 있는 화
장실 칸으로 들어가 문을 잠갔다. 그것이 목을 빼 문 위의
틈으로 얼굴을 내밀었다. 해괴망측한 표정에 온갖 사람들
의 목소리로 뼈와 살을 발라 먹어야 한다며 동필이 형을 희
롱했다. 미친 듯이 입을 벌리며 얼굴을 들이미는데, 휴지통
으로 그것을 막아댔다. 얼마나 실랑이를 벌였을까. 그것이
한참 동안 동필이 형을 흘겨보다가 머리를 밖으로 빼며 사
라졌다. 동필이 형은 화장실 안에서 벌벌 떨었다. 바로 그
때, 고 쌤의 다급한 목소리가 들려왔다.

"어이, 남 선생… 괜찮은가? 빨리 나가세…."

2

동필이 형은 나갈 수가 없었다. 그가 고 쌤이라는 것을 믿

을 수 없었기 때문이었다.

"이보게, 어디 다친 건가? 괜찮은 겐가?"

고 쌤은 옆 칸에 있는 변기에 올라가 동필이 형이 있는 칸으로 얼굴을 내밀었다. 누가 봐도 고 쌤이었다.

"아이, 씨…."

동필이 형은 그제야 나왔다. 고 쌤은 동필이 형의 손을 꽉 잡고 빨리 나가자고 했다. 두 사람은 급하게 화장실을 빠져나왔다. 추적추적 비가 내리고 있었다. 고 쌤은 동필이 형의 입을 막으며 말을 하지 말라고 했다. 그리고 어느 정도 걸어가다 손짓을 했다. 공원 한복판에 뭔가 허연 것이 앉아 있었는데 덩실덩실 춤을 추는 것처럼 보였다. 하체는 땅에 그대로 있었고, 상체는 춤을 추듯 빙글빙글 시계 방향으로 원을 그렸다. 눈은 라이트를 킨 것처럼 빛나고 있었는데 동필이 형과 고 쌤이 있는 곳을 응시하고 있었다.

"저… 저게… 대체 뭐고?"

고 쌤은 동필이 형의 귀에 대고 속삭였다.

"남 선생, 저것이 장산범이여…. 사람 목소리를 흉내 내서 먹이를 홀린다는 장산범…. 잡히는 순간 뼈도 못 추리고 그대로 당해버리지. 아주 요망한 것… 내 처음 부산에서 선생 되고 한 번 봐서 알어…. 그런데 저것은 유독 별나네, 그려."

고 쌤은 계속해서 자신의 얼마 없는 머리카락을 뽑으며 라이터에 불을 붙였다. 머리카락 타는 냄새가 진동했다. 장산범이 이 누린내를 싫어한다고 했다. 후각이 예민한 장산범이 누린내를 맡았는지, 동필이 형과 고 쌤이 있는 쪽을 노려보며 이상한 울음소리를 냈다.

"칼칼칼… 칼칼칼칼… 칼칼칼… 칼칼칼…."

동필이 형은 괴상한 것을 마주하고 난 후 다리에 힘이 풀렸다. 그렇다고 가만히 있을 수는 없었다. 자신도 머리카락을 뽑아 라이터로 불을 붙였다. 비가 와서 불이 잘 붙지 않았지만 손에 물집이 나도록 라이터 휠을 돌렸다. 냄새가 많이 역한지 그 요망한 것이 칼칼칼거리며 산 위로 도망갔다. 눈 깜짝할 사이에 산속으로 사라졌다. 둘은 택시를 탈

때까지 머리카락을 태웠다.

고 쌤이 말하길, 장산범은 비 오는 날을 매우 좋아한단다. 비가 오면 머리카락에 불을 붙이는 게 힘들기 때문이라나. 그래서 처음에 술 약속을 거부했는데, 장산범을 만날 줄은 꿈에도 몰랐다는 것이다.

동필이 형이 화장실에 갔을 무렵, 고 쌤은 동필이 형이 술에 취해서 넘어지지는 않을까, 걱정되어 계속 지켜보았다고 했다. 그런데 동필이 형이 화장실에 들어가고, 뒤이어 하얀 옷을 입은 여자가 엉덩이를 실룩대며 남자 화장실 앞을 서성거리는 것이 아니겠는가.

호기심보다는 무서운 생각이 들어 가까이 다가갔는데, 생김새가 자신이 총각 시절에 본 장산범과 비슷했다. 게다가 자신의 목소리를 흉내 내고 있어 소름이 돋았다. 그것이 동필이 형을 보고 어찌나 반가워하던지, 꼬리를 살랑살랑 흔들어대는데… 곧 큰일이 날 것 같았다. 그래서 자신의 머리카락을 한 움큼 뽑아 태웠다고 했다.

미래에서 온 그대

1

많은 이들에게 비웃음을 살까 봐 오랫동안 하지 않은 이야기가 있다. 지금에 와서 말하는 이유는 여러분에게 그것이 나타날 수도 있기 때문이다.

스물여덟, 학교를 졸업하고 겨우겨우 조그마한 이벤트 회사에 취직했다. 그러나 2개월 만에 회사를 나오게 되었다. 무리한 투자로 부도 위기를 맞았고, 가장 먼저 해고당했다. 그달 월급은 받지 못했다. 어렵게 취직해 이제야 숨통이 좀 트이나 싶었는데… 막막함의 연속이었다. 끔찍한 2014년, 이상하게 그해에는 저주에 걸린 것 같았다.

이후, 문송함(문과라서 죄송함)의 저주에 빠진 나는 갈 곳을 잃었다. 학자금 대출금, 생활비, 관리비 등 들어갈 돈이 많아 아르바이트라도 해야 했다. 엎친 데 덮친 격이라고 계단에서 넘어지는 바람에 다리에 금도 갔다. 난감한 상황에 다리보다 마음이 더 아팠다.

부모님은 조심하지 않은 내 탓이라며 인상을 찌푸렸다. 고장 난 다리보다 병원비에 신경을 더 쓰는 듯했다. 서운했지만 피차 어려운 상황이니 그러려니 했다.

그래도 나에게는 하나뿐인 내 편이 있었다. 여자친구 서희에게 연락을 했다.

"나 바빠. 중요한 거 아니면 내일 연락해."

싸늘한 말투가 예전과 달랐다. 내가 뭘 잘못했나 싶어 위축되었다. 말 한마디 못 해보고 전화가 끊어졌는데, 마음이 뻥 뚫린 기분이었다. 한동안 병원 창밖만 멍하니 봤다. 부정적으로 생각하면 비참해질까 봐, 핸드폰을 뒤적거리며 괜찮은 척했다.

마음이 그렇게 쉽게 안정된다면 우울증이란 병은 생겨나지도 않았을 것이다. 서희에게 뭘 잘못했는지 알 수가 없었다. 다쳐서 연락한 것뿐인데…. 괘씸한 마음에 서희에게 다시 연락을 했다.

"전화기가 꺼져 있어 소리샘으…"

가장 가깝다고 느낀 사람에게 서운한 감정이 들어서였을까? 최악의 상황 속에 있어서였을까? 마음속 깊은 곳에서 분출되는 분노를 참기가 힘들었다. 평정심을 찾으려고 했지만 타들어가는 마음에 온몸이 뜨거워졌다. 이유 없이 사람의 몸에 불이 붙는 미스터리한 현상을 텔레비전에서 본 적이 있다. 어쩌면 나와 같은 이유로 가능했던 게 아닐까? 쓸데없는 생각까지 들었다.

시간이 어느 정도 흐르니 더러운 기분도 사그라들었다. 다리가 성치 않아도 이력서는 써야 했다. 세상이 패배자로 볼까 봐 아픈 몸을 이끌고 밤낮 없이 직장을 찾았다. 처음에는 안정적이고 이름난 회사를 찾았지만, 갈수록 눈이 낮아졌다. 나는 그들이 원하는 인재가 아니었다. 비참했지만 나중에는 전공이랑 관계없이 사람만 구한다면 지원했다. 사람인, 잡코리아, 인크루트 할 것 없이 닥치는 대로 이력서를 넣었다. 힘들어도 위험해도 괜찮으니 제발 취직 좀 시켜달라고 기도했다.

금이 간 다리의 뼈가 붙을 무렵, 핸드폰이 울렸다. 서류심사에 통과됐으니, 면접을 보러 오라는 연락이었다. 큰 회사는 아니었지만 전공인 역사고고학과 관련된 일이었기에 꼭 합격하고 싶었다. 회사 규모가 크지 않았기 때문에 면접을 본다는 것은 붙을 확률이 높다는 것을 의미했다.

그날따라 일이 잘 풀리려는지, 서희에게서도 연락이 왔다. 모든 것을 보상받는 기분이었다. 아드레날린이 용솟음쳤다.

면접 일까지 시간이 빠르게 지나갔다. 며칠 동안 면접에 대한 질문과 답변을 쓰고 외웠다. 면접 당일, 운이 트이려고 하는지 예상했던 질문들이 무더기로 나왔다. 토씨 하나 틀리지 않고, 능숙하게 대답했다. 면접관도 만족스러운지 미소를 지었다. 그야말로 화기애애했다.

면접이 끝나고 집에 도착하기도 전에, 합격했다는 전화가 왔다. 날아갈 듯 기뻤다. 서희가 생각났다. 서프라이즈 이벤트를 해주려고 그녀가 좋아하는 케이크와 반지도 샀다. 좀 무리였지만 서희를 기쁘게 해주고 싶었다. 준비를 마치고 서희네 회사 근처에서 기다렸다. 기분이 좋으니, 시간도 빠르게 지나갔다. 전자시계가 여섯 시를 알리자마자, 정문에서 서희가 나왔다. 서희가 지나는 골목에 숨어 머리만 내밀었다. 집으로 가는 길로 걸어오길 바랐다. 그러나 서희는 집이 아닌 반대쪽으로 걸어갔다. 뭐라도 사러 가나 싶어 뒤를 밟았다.

반가운 사람을 본 듯한 표정의 서희가 훤칠한 남자를 향해 달려갔다. 남자는 내 여자친구를 와락 끌어안았다. 둘은 입을 맞췄고, 누가 봐도 연인인 것처럼 행동했다. 그년, 아니 서희가 그렇게 해맑은 미소를 짓는 건 처음 봤다. 그 광경을 몰래 지켜보면서 서희에게 전화를 걸었다.

그녀는 내게 전화가 오자, 받지도 않고 핸드폰을 다시 주머니에 넣었다.

분노란 정말 무서운 것이다. 나도 모르게 욕을 내뱉으며,

그들에게 뛰어들었다. 분노에 찬 발소리를 들은 그녀가 돌아봤다. 그녀는 토끼 눈이 되었다. 그녀가 놀라든 말든, 있는 힘껏 머리로 남자의 얼굴을 박았다. 하지만 불운은 언제나 나의 것이었다. 남자가 피하자, 내 머리는 벽을 박았다. 피가 용암처럼 터져 나왔다. 뜨거웠다.

"어떻게 된 거야? 안서희, 빨리 말을 해봐!"

눈에 보이는 게 없었다. 목이 찢어져라 소리쳤다. 눈에 피가 들어가니 따갑고 아팠지만, 분노 때문인지 대수롭지 않았다. 그녀는 남자와 팔짱을 낀 채 얼어 있었고, 그 장면을 보자 더욱 화가 치밀었다.

"으아악!"

케이크를 땅에 던지고 밟았다. 입었던 셔츠도 찢어버렸다. 남자는 나에게 누구냐고 물었다.

"나 안서희 남자친구다. 3년 동안 사귀었는데, 넌 누구냐?"

남자는 난감한 표정으로 그녀를 봤다. 서희는 남자의 얼굴을 힐긋 보더니, 눈물을 흘리며 자신의 집 쪽으로 빠르게 걸었다. 그녀의 팔을 잡으며, 어디 가느냐고 물었다.

그녀는 눈물만 흘렸다. 더 이상 묻지 말라는 듯한 표정을 보니 마음이 약해져 손을 놓았다. 그날 모든 화를 허공에 내뱉었다. 알고 있는 모든 욕을 했다. 메아리가 울리도록 외쳤다. 경찰이 와서 나를 말렸고, 경찰서까지 끌려가 울다가 화내기를 반복했다.

2

진이 빠져 택시를 타고 집 앞에 왔다. 모든 걸 토해내고 나니, 아무것도 하기 싫었다. 그렇게 얼 빠진 사람처럼 터덜터덜 걷고 있는데, 경비 아저씨와 눈이 마주쳤다.

"우혁 군, 이게 무슨 일입니까? 이마는 또 왜 이렇고요…? 저랑 함께 병원에 가시겠습니까?"

우울함도 우울함이지만 소리를 된통 지른 바람에 아무 말도 할 수 없었다. 고갯짓으로 괜찮다고 답하고 계단을 올랐다. 경비 아저씨가 올라가는 나에게 조심히 들어가라며 격려를 했는데, 또다시 감정이 치밀었다. 내가 너무 불쌍했다.

되는 일이 없었다. 거울에 비친 내 모습이 한심했다. 피범벅인 얼굴과 찢어진 옷을 보니 큰 사고라도 당한 사람 같았다. 그렇게 따지면 사고가 난 게 맞을지도 모르겠다.

내가 싫었다. 나를 비추는 빛도 싫었다. 지금의 나를 있게 한 사람도, 물건도 싫었다. 방 안의 모든 빛을 차단했다. 방문도 잠갔다. 이불 속에 들어가서야 마음이 편안해졌다. 어둠과 동화되고 나서야 상처의 고통이 느껴지지 않았다. 죽고 싶었으나 죽음의 고통을 감내할 위인은 못 되었다.

얼마나 지났을까? 은둔형 외톨이가 되었다. 이불 밖은 언제나 위험해 보였다. 나를 멸시하는 부모님부터 언제 뒤통수칠지 모르는 녀석들까지…. 그들을 감당할 자신이 없었다. 캄캄한 어둠 속에서 눈을 감고 잠이 들 때가 가장 행복했다.

그러던 어느 날, 유난히 좁은 방이 시끄럽게 느껴졌다. 여러 명이 쑥덕이는 소리가 들렸다. 16배속으로 빨리 감기를 한 것처럼 요란했다. 누가 내 방에 있다는 생각에 벌떡 일어났다. 핸드폰 플래시로 방 안을 비췄다.

"다… 당신, 누… 누구야?"

침대 끝에 누군가가 서 있었다. 어디서 많이 본 듯한 사내였다. 어둠 속에서 형체에 대한 확신이 들기까지 꽤 오랜 시간이 걸렸다. 어둠에 익숙해지자 눈앞에는 꽤 멋진 모습의 내가 보였다. 이 대 팔 가르마로 정돈된 머리에 고급 양복을 입고 있었는데, 평소에 되고 싶던 모습이었다.

"뭐, 뭐야?"

내 모습을 한 녀석이 소리 지르지 말라며 자신의 입술에 손가락을 댔다. 녀석은 의자에 편하게 앉았다.

"나는 가까운 미래에서 온 너다. 너를 구원해주기 위해 왔다."

이해가 되지 않았다. 영화 속에서나 일어날 법한 일이 나에게 생긴 걸까? 〈백 투 더 퓨처〉처럼 지금의 나를 바꾸기 위해 미래의 내가 온 걸까? 지금의 모습과 큰 차이가 없는 걸로 봐서는 가까운 미래에서 온 것이 분명했다. 의심스러운 게 한둘이 아니었지만 미래의 나에게 궁금한 것이 더 많았다.

"나는 미래에서 뭘 하고 있어?"

녀석은 아무 말 없이 웃었다. 행여나 거울은 아닌지 몇 번이나 눈을 비볐다. 하지만 그것은 또 다른 나였다. 내 방의 거울은 이미 산산조각 나 있었다.

"웃지만 말고 말을 좀 해봐."

"이번 주에 너는 로또 1등에 당첨될 거야. 그리고 인생이 한 번에 쫘악 피지. 비싼 차에, 넓은 집에⋯ 또래들이 부러워하는 삶을 살게 돼. 어마어마한 돈이 감당이 안 될 정도로⋯."

미래에서 온 나의 말에 솔깃했다. 그것이 사실이길 바랐다. 갈수록 죽고 싶다는 생각이 강해지고 있던 참이었다. 지금의 내가 존재하지 않는다면, 미래의 나도 존재하지 않을 것이다. 그는 분명 과거의 자신을 구하기 위해 미래에서 온 나일 것이다.

"로또에 당첨되니까 멍청한 것들이 그제야 진가를 알아보더라고? 부모도 그렇고, 친구도 그렇고… 그리고 그년, 서희까지 말이야? 다시 사귀자고 어찌나 애걸복걸하던지, ㅎㅎㅎㅎ…."

그 말을 들으니 갈증이 해소되는 듯 기뻤다. 벼락을 맞을 확률보다 낮은 행운이 나에게 찾아오면서 그동안 나를 무시했던 사람들에게 인정받게 된다는 소리가 어찌나 통쾌한지, 오랜만에 맛보는 행복이었다.

"그렇다면 이번 주에 로또를 사야겠구나? 너는 번호를 가르쳐주러 온 거야?"

녀석은 나의 눈을 보며 의미심장하게 고개를 끄덕였다. 그리고 나지막하게 번호를 불렀다.

"4, 6, 9, 13, 18, 44…."

드디어 새로운 인생을 맞게 됐다는 생각에 웃음이 터져나왔다. 믿기지 않았다.

"정말 이 번호가 맞아?"

녀석은 웃기만 했다.

"정말 이 번호가 맞는 거야? 확실히?"

평소 번호 같은 걸 잘 못 외우는 편인데…. 미래에서 온나라고 해도 그런 부분에 대해서는 믿을 수 없었다. 실수투성이에 야무지지 못한 내가 아니던가. 번호가 확실한지 몇번이고 물었다. 그러자 녀석은 괴상야릇한 표정을 지으며고개를 갸우뚱했다.

"장난치지 말고…. 확실히 이 번호가 이번 주 1등이야?"

녀석의 입꼬리가 올라갔다. 뭔가 잘못된 것 같았다. 그의눈매가 매섭게 바뀌면서 나를 노려봤다. 사실, 이상했다. 미래의 나라지만, 저렇게 여유가 넘치다니… 돈이 있어서 그런가? 온갖 생각이 들었다.

"아이고, 불쌍한 인간아…, 이런 것에도 속는 한심한 인간아…"

그것이 남자도 여자도 아닌 목소리로 요란하게 웃으며 미친 듯이 머리를 흔들었다. 그때마다 머리카락이 길어지는데, 기괴함에 눈을 뗄 수가 없었다. 당장 도망치고 싶었다. 핸드폰 불빛이 그것을 비추는데, 영사기에서 공포영화가 나오는 것처럼 보였다. 숨이 가빠졌다. 몸이 굳어 움직일 수 없었다. 어떻게 해야 할지, 판단이 서지 않았다. 이런 경험은 난생처음이었다.

그것은 귀신이었다. 조선시대에 고문이라도 받은 사람처럼 긴 머리가 여기저기 뻗쳐 있었다. 그것은 내가 아니었다. 분명 내가 아니었다. 그것이 한참을 조롱하더니, 굶주린 호랑이가 인간을 발견한 듯 슬금슬금 기어 왔다. 그것의 얼굴이 코앞까지 왔다. 해괴망측한 머리에서 역겨운 냄새가 진동해 고개를 돌렸다.

"너의 미래를 알고 싶나? 정말 가르쳐줘?"

무서웠지만 궁금했다. 그것의 이상한 얼굴을 차마 보지는 못하고 고개를 끄덕였다.

"너는 이 어둠에서 벗어나지 못한다. 누구 하나 너에게 관심이 없기 때문이지. 너의 부모도, 친구도, 바람난 네 여자친구도 혼자 외로움과 싸우고 있는 너를 잊은 지 오래다. 네가 이런 캄캄한 어둠과 하나가 되고 있을 때도 남들은 아주 잘 먹고 잘 살지. 너를 버린 서희 그년도 지금쯤 딴 놈과 시시덕거리며 청춘을 불사르고 있을 걸…."

공포는 분노가 되었다. 마음속 분노가 다시 치밀어 오르기 시작했다.

"너의 미래는 둘 중 하나다. 너 혼자 죽음을 맞거나, 다 같이 죽는 거지. 근데 혼자 죽기는 억울하지 않아? 이왕 죽는 거 미운 놈 하나라도 더 데려가면 좋잖아?"

녀석의 말이 맞는다. 나 혼자 죽을 수는 없다. 그날 이후, 혼자 어둠 속에 빠져서 허우적거렸지만, 나의 손을 잡아주는 이는 없었다.

"씨이발!"

모두 죽여버리고 싶었다. 칼을 찾으려고 방문을 열었다. 그런데 경비 아저씨가 문 앞에 서 있었다. 그가 왜 여기 있나 싶어 한참을 봤다.

3

"우혁 군, 마음고생이 얼마나 심했습니까? 이제 어둠 속에서 나오십시오."

투박한 손을 나의 어깨에 얹었다. 노인의 눈빛이 그토록 격려가 되기는 처음이었다. 나의 마음을 다 안다는 듯 토닥거리는데, 어지러운 마음이 가라앉았다.

"무슨 슬픈 사연이 있는지는 모르겠습니다만, 얼마나 힘들었으면 이런 어둠 속에 혼자 계셨겠습니까? 괜찮으니, 방 밖으로 나오십시오."

어두운 방에서 한 걸음 나오니, 엄마가 나를 와락 안고 눈물을 흘리셨다. 표현이 서툴러서 그동안 따뜻하게 대해주지 못했다며 펑펑 우셨다. 아버지도 연이어 미안하다고 하셨다. 얼어붙었던 마음이 녹아내렸다.

그러는 사이, 누군가가 초인종을 눌렀다. 키가 크고 불량하게 생긴 녀석이 모자를 푹 눌러 쓴 채 들어왔다. 급 화목해진 우리 가족을 멀뚱히 보고는, 경비 아저씨에게 다가갔다.

"할배, 단지가 이것밖에 없다 아이가? 할매 된장 담던 건데, 이거 씻느라고 늦었다."

경비 아저씨는 배구공보다 작은 단지를 이리저리 살펴보더니, 우리 가족에게 눈웃음을 지었다.

"허허허허, 실례 좀 하겠습니다."

그러고는 불량한 손자 녀석과 내 방으로 들어갔다. 이내 문이 덜커덕 잠겼다. 혼자 있을 때 들리던 요란한 웃음소리가 방 안에서 들렸다. 어찌나 소름이 돋던지, 심장이 오그라들었다. 우당탕탕 손자의 욕설이 들려왔고, 경비 아저씨가 그런 손자를 야단치는 소리도 들려왔다. 뭐가 어떻게 된 건지 모르겠지만, 부모님은 신경 쓰지 않으셨다.

30분 정도 지났을까? 방문이 열렸다. 경비 아저씨와 손자가 땀을 뻘뻘 흘리며 숨을 몰아쉬었다. 손자는 부적과 함께 새끼줄로 동여맨, 뚜껑 덮인 조그마한 단지를 들고 있었다. 두 남자가 귀신을 잡아서 단지 안에 봉인시킨 건가? 소설에나 나오는 이야기라 생각한 일이 실제로 일어났다.

경비 아저씨는 나의 좌절이 나의 탓만은 아니라고 했다. 내가 부족해서가 아니라고 했다. 내 마음을 전부 이해할 수는 없지만 이해하고 싶다고 했다. 눈물이 쏟아졌다.

경비 아저씨와 손자가 갔다. 새로운 마음으로 다시 시작하고 싶었다. 오랫동안 씻지 않아 몸에서 냄새가 났다. 몰골도 말이 아닐 것이다.

화장실에 가 거울을 본 나는 경악을 금치 못했다. 거울 속에는 내가 아닌 다른 사람이 있었다. 캄캄했던 방에서 만났던 귀신이었다. 그제야 모든 것들이 정리되기 시작했다.

내가 꽤 오랜 시간 방에서 나가지 않았다는 건 나의 착각이었다. 부모님은 내가 매일 밤 1인 2역을 하듯 혼자서 떠들었다고 하셨다. 이런 내가 수상해 나에게 말을 걸려고 할 때마다, 다른 인격이 욕을 하며 위협했다고 하셨다. 도대체 나는 어떤 상태였을까? 귀신에게 홀렸던 걸까? 어둠 속에서 미쳐 있었던 걸까? 지난 일을 경비 아저씨에게 묻고 싶었다. 처음에는 그들이 귀신을 퇴치했다고 생각했지만, 요즘 들어서는 미쳐 있던 나를 치료하기 위해 연극을 꾸민 건 아니었을까, 하는 의심이 든다. 몸과 정신이 회복돼 경비 아저씨를 찾아갔을 때, 그들은 이미 떠나고 없었다.

지금은 그로부터 꽤 오랜 시간이 흘렀다. 가끔 혼자 있을 때, 그날이 떠오르기도 한다.

당신은 오랜 시간 동안 어둠 속에 있지 말길 바란다. 마음 속에 있던 무언가가 당신을 지배해버릴지도 모르니….

호구

1

내 이름은 최병국. 호구다. 여자친구가 딴 놈과 바람이 났는데도 오히려 욕을 먹는 호구다. 그 순간에도 화가 났지만 한마디도 못 했다.

"니가 잘생기고 능력만 좋았어 봐, 내가 바람을 피우나? 지가 부족한 줄은 모르고 얻다 대고 화를 내?"

그녀는 떳떳하게 그놈의 독일산 자가용을 타고 떠났다. 마음이 무너졌다. 자존심부터 사랑했던 마음까지 순식간에 한 줌의 재가 됐다. 울면서 집에 왔는데, 잠이 오질 않아 수면유도제 몇 알을 먹었다.

아침에 눈을 떴다. 모든 것이 무기력했다. 아무 생각 없이 핸드폰을 봤다. 일곱 통의 문자…. 그녀에게 온 거라고 생각했지만 그럴 리가 없었다.

문자를 보다가 눈을 의심했다. 핸드폰을 들고 얼음 상태가 됐다. 지난밤 그녀가 교통사고로 죽었다는 내용이었다. 너무 놀라서 숨이 가빠졌다.

"어떻게 이럴 수가…."

핸드폰을 꺼버렸다. 이제 나와 상관없는 사람이었다. 그녀가 다른 남자의 차를 탔을 때, 아니 그녀가 바람을 피웠다는 사실을 알았을 때, 우리는 이미 남이 되어버렸다.

"유감이네…."

마음에도 없는 소리를 해봤다. 한창 일 때문에 바빠 만나지 못하고 있을 무렵, 그녀가 다른 남자와 놀아났다. 외근을 가던 길에 두 연놈이 모텔에서 나오는 걸 우연히 발견했다.

피가 거꾸로 솟았다. 잘못 본 줄 알고 몇 날 며칠을 따라다 녔는데 역시는 역시였다.

화가 나서 그녀에게 따지려고 불렀다. 아차, 나는 호구가 아니던가!

불편할 줄 알았던 마음은 오히려 가벼웠다. 그녀가 받아야 할 벌을 받았다고 생각했는지도 모른다. 주말이라 평소에 친하게 지내던 여사친을 불러 영화도 보고 식사도 했다. 이상형은 아니지만 성품이 착해서 괜찮은 사람이라고 생각했다. 그렇게 기분 좋게 하루를 보내고 집에 왔다.

2

그런데 희한한 일이 생겼다. 방 불을 켜자 형광등이 깜박거리며, 죽은 그녀의 모습이 보였다. 소스라치게 놀랐다. 사고 때문인지 온몸이 찢겨 있었다. 죽은 사람이 왜 보인 걸까? 아직도 그녀를 잊지 못했나? 눈을 비볐다. 불이 완전히 들어오자, 그녀의 모습이 보이지 않았다. 헛것이었나?

그날 밤, 악몽을 꾸었다. 죽은 그녀가 나타나 살려달라고 했다. 황당했다. 무서운 행색으로 어처구니없는 말을 해서 웃음이 났다. 살려줄 수 있는 방법도 모를 뿐더러 내 눈앞에 나타나지 말라고 했다. 그러자 그녀의 눈빛이 갑자기 변했다. 온몸으로 피를 뿜으며 멱살을 잡고 당장 살려내라고 했다.

무서웠다. 그녀의 목소리가 머릿속에 울려 퍼져 굉장히 힘들었다. 하는 수 없이 방법을 말해보라고 했다.

"당장 내 장례식장에 가서 나한테 이걸 먹여라."

그녀는 연보라색 꽃을 나에게 줬다. 무서웠지만 죽어서도 막무가내인 그녀가 한심했다. 이걸 먹이면 살아난다고?

"이게 뭔데?"

"죽은 사람의 혼백을 부르는 꽃이다. 빨리 일어나. 내 시체를 태우기 전에 가서 먹이라고. 내 살려만 주면 니한테 시집 갈게. 니 내 좋아하잖아?"

꿈이지만 확실히 하고 싶었다. 고개를 저었다.

"다른 사람 알아봐라. 난 너한테 미련 없다."

피범벅이 된 그녀의 손이 나의 목을 졸랐다. 기왕 이렇게 된 거 저승길 동무나 하자는 것이었다. 어찌나 세게 졸라대는지 당장 숨이 넘어갈 것 같았다.

"으아아악…"

눈을 떴다. 아직 새벽이었다. 손바닥에 뭔가가 쥐어져 있었다. 놀랍게도 꿈에서 그녀가 건네준 연보라색 꽃이었다.

소름이 돋았다. 어떻게 해야 하나? 죽은 사람을 살리는 방법이 정말 있는 걸까? 일단 옷을 차려입고 나갔다.

차에 타 시동을 걸었다. 후진을 하려고 백미러를 보는데… 소리를 질러버렸다. 그녀가 뒷좌석에 앉아서 웃고 있었다.

"역시 넌 내 말을 잘 들어. 착해…. 어서 출발해."

꿈에서 나눈 이야기는 사실 같았다. 나는 그녀에게 궁금한 것이 많아 이것저것 물었다. 그녀는 자신이 있는 곳이 저승길인 걸 알아채고 탈출했단다. 그러던 중 한 노파를 만났는데, 연보라색 꽃이 죽은 사람을 살린다며 꺾어 가야 한다고 했다. 결국 노파는 저승사자에게 잡혔고, 자신이 노파의 꽃을 뺏어 도망쳐 왔다고 했다. 왜 하필 나한테 와서 이러는지 모르겠지만, 살려주지 않으면 귀신이 되어 나를 평생 괴롭힐 것 같았다.

3

병원에 도착해 그녀의 장례식장을 찾았다. 그녀의 부모님부터 형제들까지 나를 사위 취급하며 반겼다. 나의 팔을 잡으며 눈물을 쏟아내는데 딱히 할 말이 없었다. 그녀가 시킨 일부터 해야 했다. 가족들에게 화장火葬 전 그녀의 모습을 보고 싶다고 했다. 어려운 일은 아니었다. 영안실로 갔다. 연보라색 꽃을 그녀에게 먹여야 했기 때문에 억지로 눈물을 짜내며 단둘이 있고 싶다고 했다. 가족들은 그녀에게 하고 싶은 말을 마음껏 하라며 자리를 피해줬다.

나는 이름 모를 꽃잎을 그녀의 입에 넣으려고 했다. 그런데 앞에서 시커먼 옷을 입은 남자들이 나를 쳐다보고 있는게 아닌가.

"이보라우, 젊은이! 지금 뭐 하는 짓이가?"

검은색 갓을 쓴 것으로 보아, 저승사자 같았다. 차디찬 손으로 내 팔목을 잡으며 연보라색 꽃을 그녀의 입에 넣지 못하게 했다.

"이봐, 자네 이걸 이 처자 입에 넣으면 어떻게 되는지 알고 이러는 건가?"

나는 고개를 끄덕인 다음, 그녀가 살아난다고 말했다. 저승사자들은 나를 보며 황당하다는 듯 웃어댔다.

"허허허허… 근데 말이야, 이 처자를 살리면 자네가 죽어. 이 꽃은 먹인 사람의 수명과 먹은 사람의 수명을 바꿔주거든. 그래도 먹일 텐가?"

저승사자의 말에 잠시의 고민도 없이 하던 일을 멈췄다.

그들은 꽃을 내놓으라고 했다. 누군가가 나를 본다면 지질하다고 욕하겠지만… 순순히 돌려줬다.

"그 처자 참으로 당돌하네. 우리가 올 줄 알고 용케 도망을 갔어. 이거 안 잡으면 또 귀신이 돼가지고 젊은 총각들 잡는 거 아니야? 혹시 그 처자가 어디로 도망갔는지 아는가?"

순식간에 사라져버려 나도 몰랐다. 하지만 나도 모르게 내 손가락이 아래를 가리켰다.

"주차장에 있는 제 차에 숨어 있지 않을까요? 검은색 아반떼… 3085…."

그녀의 버릇을 너무나 잘 알고 있었다. 무섭기도 했지만, 괘씸하기도 했다. 그녀는 나를 호구로 본 것이 틀림없다. 그래서 나를 찾아온 것이다. 가족들과 수명을 바꿀 수는 없으니까. 순간, 기분이 나빠져 가족들과 인사도 하지 않고 장례식장에서 나왔다. 주차장에 도착하니, 저승사자에게 포박된 그녀가 보였다. 저승사자에게 끌려가던 그녀는 나를 노려보며 쌍욕을 퍼부었다. 저승사자들은 나에게 걱정하지 말고 남은 생을 잘 살라고 했다. 하마터면 죽은 귀신에게도 호구처럼 당할 뻔했다.

온천에서 만난 노인

1

어느 순간부터 일확천금을 노리는 인생을 살고 있었다. 조상님은 뭐 하시는지, 이런 손자도 구원해주시지 않고…. 삶이 권태로웠다. 우울증이 다시 도졌다. 살아서는 안 되는 존재처럼 자신이 혐오스러웠다. 이러다가 살 이유를 찾지 못해 자살이라도 하는 게 아닐까? 위험한 생각도 잠시, 스스로 만든 웅덩이를 탈출하기 위해 다짜고짜 짐을 쌌다. 여행을 떠나기로 했다. 지갑을 열어보니 한숨만 나왔다. 파란색 지폐 세 장뿐이었다. 핸드폰으로 잔고가 얼마나 있는지 조회했다. 50만 원 정도가 전 재산이었다. 어차피 미래가 보이지 않던 시기, 미련 없이 집을 나섰다.

버스 터미널에 도착했다. 부산과 경남을 벗어나 최대한 먼 곳으로 가고 싶었다. 시간상 대전이 알맞았다. 도시라서 썩 마음에 들지는 않았지만, 이미 입으로는 "대전 한 장이요"라고 말하고 있었다. 그렇게 버스에 몸을 실은 뒤, 아무 생각 없이 창밖만 바라봤다. 대전에 가서 뭘 할지는 생각하지 않았다. 아니 떠오르지 않았다. 이곳을 떠나기만 하면 숨통이 트일 것 같았다.

잠깐 잠들었다 깨어나니 대전복합터미널이었다. 버스에서 내려 근처에서 돈가스를 먹으며 앞으로 뭘 할지 고민했다. 그러나 고민도 잠시. 돈가스가 엄청 맛있기도 하고 배도 많이 고팠기에 하나를 더 시켜 먹었다. 다 먹고 식당을 나올 때까지도 어디서 무엇을 해야 할지 결정하지 못했다. 사실 대전도 일 때문에 많이 다녀본 곳이라 새로운 기분을 느낄 수는 없었다. 지나가는 택시를 무작정 잡아타고 대전역으로 갔다. 그곳에서 아산역으로 가는 표를 끊어 기차를 탔다. 갑자기 온천에서 목욕이 하고 싶었다. 몸을 감싸고 있는 혐오스러움을 씻어내고 싶었던 것 같다.

아산역에서 지하철을 타고 온천이 유명한 마을로 갔다.

낯선 마을에 내린 뒤에야 탈출에 성공한 기쁨을 느꼈다. 때마침 노을이 지고 있었다. 사람 사는 것이 다 비슷하다고는 하지만, 마을마다 다른 문화와 환경을 느끼는 것이 좋아 걷고 또 걸었다. 크고 작은 온천이 많았다. 호텔 같은 괜찮은 시설에 가고 싶었으나 주머니 사정이 여의치 않아 저렴한 숙소를 찾을 수밖에 없었다. 그러던 중 노천 온천이 가능한 작은 여관을 발견했다. 일본영화에 나오는 온천에 대한 로망이 있던 참에 그곳에서 묵기로 했다. 그동안 다녔던 수많은 숙박시설과는 비교할 수 없을 정도로 낡아 있었다. 그래서 더욱 마음에 들었다. 1980년대로 돌아간 느낌이었다.

땀을 많이 흘렸던 참이라, 숙소에 짐을 풀고 바로 목욕이 하고 싶었다. 목욕탕에 가기 위해 2층으로 내려갔다. 혼탕을 기대했지만 여기는 동방예의지국이 아니던가. 남탕에는 굉장히 오래된 사물함이 있었고, 어릴 적에 맡았던 목욕탕 향이 진동했다. 사람들은 보이지 않았다. 모두 안에 들어가 있나 싶었다. 음료수 파는 직원도 없이 적막했다.

옷을 모두 벗고 안으로 들어갔다. 생각보다 작은 목욕탕이었다. 열 명 정도가 사용하기에도 좁은 공간이었다. 이곳 역시 아무도 없었다. 목욕탕에 혼자 덩그러니 앉아서 몸을 씻었다. 비누 거품으로 온몸을 씻고 나니, 따뜻한 탕에 들어가서 몸을 지지고 싶었다. 노천에 있는 탕에 들어가기 위해 문을 열었다. 나이가 지긋한 노인이 탕에 몸을 담그고 앉아 「칠갑산」이라는 노래를 부르고 있었다. 실례가 되지는 않을까, 싶어 조용히 몸을 담갔다. 노인은 그런 나를 멀뚱히 쳐다봤다. 불편하실까 봐 좀 멀리 떨어져 앉아 산을 바라봤다. 석양이 진 산을 보니 참으로 아름다웠다. 한동안 아무 생각 없이 산을 응시하고 있는데 쉰 목소리가 들려왔다. 노인이었다.

"젊은이, 혹시 요즘 일이 잘 안 풀리는가?"

깜짝 놀라서 노인을 봤다.

"네?"

노인은 걱정스러운 눈빛으로 다시 한번 물어왔다.

"최근에 일이 잘 풀리지 않느냔 말일세."

여러 차례 시도한 것들이 엎어지는 바람에 실망과 좌절

의 늪에 빠져 있었지만, 모르는 사람에게 그런 속마음을 들키고 싶지는 않았다.

"아니요, 전혀요."

이상한 기분에 대꾸하기 싫었지만 노인은 그런 기분과 상관없이 말을 이었다.

"말투를 보니 이 지역 사람이 아니구먼? 부산이나 경상도에서 왔나? 이곳에는 어떻게 왔어?"

귀찮았지만 어르신에게 예의를 지키고 싶었다. 어쩌다 보니 나의 신상을 말해주고 있었지만 크게 중요한 건 없었다.

"부산에서 오늘 왔습니다. 그냥 혼자 여행을 즐기러 왔습니다. 특별한 건 없어요."

노인은 고개를 설레설레 흔들었다.

"아니야, 아니야…"

어처구니없었다. 자기 마음대로 생각하다니, 노망난 노인이 아닐까, 하고 의심하기 시작했다. 노인이랑 대화를 섞고 싶지 않아 자리에서 먼저 일어났다. 안으로 들어가는 문을 여는데 노인이 내게 말했다.

"자네 등에 말이야, 아주 못된 것이 붙어 있구먼? 그것이 사람한테 붙어 있으면 아주 큰일이 날 것이야. 가령 나쁜 생각만 하게 해서 불쾌하게 만들기도 하고, 우울하게 만들어서 우울증에 빠지게도 하지. 녀석들이 원하는 건 단지 그거야. 스스로 목숨을 끊게 하는 거. 지금 그것이 자네 등에 찰싹 붙어 있다네. 원한다면 내가 떼어줄 수 있어."

이마에서 빠직 하는 소리가 들렸다. 평정심을 유지하는 척 고개를 까딱 숙이고 안으로 들어갔다. 수건으로 몸을 대충 닦고 옷을 입었다. 노인도 쫓아와서 옷을 입기 시작했다. 불쾌감이 끓어올랐다. 노인이 계속 말을 걸었다. 터무니없는 이야기였다.

"그러니까 내 눈에는 보인단 말이지. 자네는 오늘 밤 객실에서 스스로 목숨을 끊기 위해 이곳에 온 거야. 자살하기 위해 부산에서 멀리 도망 온 거지. 내 눈은 정확해."

2

화를 낼 법도 했지만 내색하지 않았다. 노인이 쫓아올까 봐 빠르게 걸어 나온 뒤, 방까지 뛰어 올라갔다. 오래된 여관이라 그런지, 나무로 만든 계단이 삐걱거렸다.

방에 들어온 뒤 문을 닫고 침대에 누웠다. 창을 열어놓으니 시원한 바람이 들어와 기분이 좋았다. 슬슬 잠이 왔다. 깊은 잠에 빠져들 때쯤 고통이 느껴졌다. 누군가가 목을 조르는 듯 숨을 쉴 수 없었다. 깜짝 놀라 눈을 떴다. 믿을 수 없게도 나의 손이 허리띠로 목을 조르고 있었다. 깜짝 놀라 허리띠를 던져버렸다. 노인의 말이 떠올랐다. 나에게 자살귀라도 붙은 걸까? 하지만 물을 한 컵 마시고 정신이 들자 그런 걱정은 사라졌다. 노인의 말을 믿은 스스로가 바보처럼 느껴졌다. 그럴 리가 없다며 다시 침대에 누웠다. 시원한 바람 때문인지 다시 눈이 감겼다. 잠시 후… 이번에도 숨이 쉬어지지 않았다. 눈을 떠보니 물 안이었다. 욕조에 물을 받아 머리를 담그고 있었다. 살고 싶어 고개를 쳐들었다. 그제야 노인의 말이 틀리지 않았다는 걸 깨달았다. 방에서 나와 1층 카운터로 향했다. 직원이 텔레비전을 보고 있었다.

"저… 저기 사장님, 뭐 하나 여쭤봐도 될까요?"

직원은 친절하게 고개를 끄덕였다.

"아… 제가 아까 온천을 하러 갔는데요. 거기서 한 노인 분에게 도움을 받았습니다. 그분께 작은 감사의 표시를 하고 싶은데 찾을 수 없을까요? 이런 말을 하면 좀 그렇지만 대머리에 눈썹이 진하고 피부가 좀 검은 분이십니다만…"

직원은 그런 사람이 없다고 했다.

"지금 숙박하고 계신 분이 여덟 명이거든요. 그런데 노인 분은 안 계셔요. 그리고 오늘 온천 이용은 손님밖에 안 하셨어요."

그의 말을 의심했지만 곧 수긍할 수밖에 없었다. 숙박하며 온천을 이용하려면 5천 원을 추가하고 표를 끊어야 했다. 오늘 나만 그 표를 끊었고, 다른 투숙객에게는 표를 준 적이 없다고 했다. 무엇에 홀린 듯 힘없이 발걸음을 돌렸다. 그런데 노인의 쉰 목소리가 등 뒤에서 들렸다.

"그러니까 내 말이 맞지? 아주 나쁜 것이 붙어 있다니까."

어떻게 된 영문인지 물었다. 노인은 몇 가닥 없는 머리를 긁적이며 대수롭지 않게 말했다.

"가끔 마음이 약해지고 허해지면 어김없이 그것들이 달라붙는다네. 산 사람을 질투하는 귀신들이 고귀한 생명을 뺏는 거지. 자네 탓이 아니야."

노인은 그것들을 빨리 떼어내야 한다고 했다. 정체도 모른 채 노인을 방으로 데려왔다. 그는 배가 고프니 튀긴 닭과 소주 한잔을 하자며, 배달 주문을 시켰다. 너무 자연스러워 약간 이상했지만 지켜만 보고 있었다. 이윽고 벨이 울렸고 노인과 술을 마시게 되었다. 그는 나의 이야기를 잘 들어주었다. 여느 어른처럼 몰아세우거나, 닦달하지 않았다. 친할아버지처럼 적절한 유머와 따뜻한 이야기로 손자를 대하듯 타일렀다. 위로 받는 느낌에 눈물이 흘렀다. 노인은 그런 나의 등을 토닥토닥 두드렸다.

"살다 보면 상황이 좋지 않을 때도 있어. 총각 탓이 아니야. 열심히 살아도 제자리라는 생각이 들겠지만, 자네가 살아온 모든 삶이 여전히 기록되고 있다네. 그러니 스스로의 선택을 믿고 재미있는 이야기로 기록해봐. 다시 일어나는 거야."

세상에게 듣고 싶은 말이었는지도 모른다. 아등바등 살아왔지만 남들과 비교하며 왜 그렇게밖에 살지 못했는지 후회가 됐고, 이런 삶이 패배자의 인생처럼 여겨져 자존감이 많이 낮아져 있었다. 실패한 인생이라고 모두에게 손가락질당하는 기분이었다. 이겨내보려고 했지만 자신 없었다. 노인의 위로는 눈물을 한껏 쏟게 했다. 노인은 특유의 익살스러운 표정으로 나의 등 뒤에 붙은 귀신을 떼어낼 차례라고 했다.

"총각아, 눈을 꼭 감게. 눈을 절대 뜨면 안 되네. 꼭 눈을 감아야 해. 녀석의 얼굴을 보게 되면 자네에게 큰일이 날 거야."

노인은 신신당부했다. 그의 말대로 눈을 꼭 감았다. 갑자기 이상한 소리가 들렸다. 깔깔대는 웃음소리가 났다. 중국어 같은 말이 빠르게 지나갔다. 너무 궁금한 나머지 눈을 뜨려고 하자 노인의 손이 눈을 가렸다. 노인을 의심하기도 했지만 다른 방법이 있는 것도 아니었다. 노인은 나의 눈을 가린 상태로 질문을 하나 했다.

"자네, 어머니는 잘 계시는가?"

갑작스럽고 난감한 질문에 곧바로 답을 하지 못했다. 어머니께서는 어떻게든 살아보려고 밤낮없이 식당 일을 나가셨다. 술만 마시면 폭력을 휘두르는 아버지와 이혼한 뒤, 성치 않은 몸으로 고생하고 계셨다. 그것을 보기가 고통스러워 외면했던 내가 싫었다. 또다시 뜨거운 눈물이 흘렀다. 떨리는 목소리로 아니라고 대답했다. 눈물의 의미를 알았는지 노인은 집으로 돌아가면 어머니를 잘 모셔달라고 당부했다.

"이보게, 총각. 자네에게 붙은 귀신을 모두 떼어냈어. 이제 자살귀는 모두 사라졌어. 그러나 자네의 마음이 약해진다면 그들은 언제든지 다시 찾아올 거네. 내가 셋을 세면 눈을 뜨게. 하나, 둘, 셋."

노인이 말한 대로 눈을 떴다. 하지만 좀 전까지 함께였던 노인은 보이지 않았다. 노인을 찾으려 두리번거렸다. 그러던 중 거울 속에 비친 나의 모습을 보고 경악했다. 목을 매 죽으려는 것처럼 천장에 매달린 줄을 잡고 있었다. 놀란 마음에 당장 의자에서 내려왔다. 그러고 보니 노인과 함께했던 흔적이 남아 있지 않았다. 다 뜯어 먹고 남은 닭 뼈와 반쯤 마시다 남은 소주병도 없었다.

3

그제야 정신이 들어 핸드폰을 찾았다. 꺼져 있던 핸드폰을 켰다. 어머니에게 문자가 수십 통 와 있었다. 모두 걱정스럽다는 내용이었다. 늦더라도 잠을 안 자고 기다리겠다며 전화를 해달라고 했다. 당장 어머니께 전화를 걸었다. 별일 없다고, 내일 돌아갈 거라고 했다. 어머니는 걱정이 된다며 출발할 때 연락하라고 하셨다. 전화를 끊고 한참 동안 핸드폰 화면을 응시했다. 아무 생각도 없었지만 손가락이 저절로 메모장을 열었다. 유서가 적혀 있었다. 내가 적은 것이었다. 그동안의 삶이 싫어져 이곳에서 숨을 거두겠다는 내용이었다. 그것을 본 순간 모든 것이 떠올랐다. 스스로 죽음을 택했다. 현실로부터 도망치다 삶의 끝에 다다른 것이다. 눈물이 흘렀다. 그제야 깨달았다. 자살귀는 나 자신이었다는 것을 말이다. 온천에서 만난 노인이 나를 구해줬다고 생각했다. 다음 날 아침, 온천에서 깨끗이 목욕을 하고 노인을 처음 만난 곳에서 합장을 하며 고맙다는 인사를 했다. 그렇게 다시 시작해보자는 마음으로 부산에 내려왔다.

여전히 시행착오를 겪었지만 예전처럼 포기하지 않았다. 다시 사업을 시작했다. 어려울 때는 아르바이트를 여러 개 뛰며 어떻게든 살려고 발버둥 쳤다. 살고 싶은 마음이 집요하게 따라다녔다. 삶이 조금 풍족해진 어느 날, 어머니께 그날의 일을 말씀드렸다.

"제가 온양에 갔을 무렵, 극단적인 선택을 하려고 했을 때 한 노인이 저를 구해주셨어요."

믿지 않으실 것 같아 농담 반, 진담 반으로 이야기를 들려드렸다. 어머니께서는 의외로 믿으시는 것 같았다.

"네가 이상하다는 걸 알고 있었어. 그때는 니 삶이 위태롭게 느껴졌거든. 아니나 다를까. 불안한 마음에 전화를 해도 네가 받지 않았지. 하던 일을 놓고 집에 왔더니, 네가 없었다. 그날 온 동네를 찾아다녔어. 경찰에 신고하면서 찾아달라고 애원했지. 돌아가신 니 외할아버지께도 빌었어. 하나밖에 없는 아들, 제발 살려달라고…. 그때는 지푸라기라도 잡고 싶은 심정이었어."

그 말을 듣자 온천에서 만났던 노인이 떠올랐다. 나는 외할아버지를 본 적이 없다. 어머니가 부모님이 반대한 사람과 결혼을 하면서 외갓집과 인연을 끊었기 때문이다. 그럴 리는 없겠지만 온천에서 만난 노인이 외할아버지는 아닐까, 하는 생각이 들어 어머니께 노인의 생김새를 설명했다. 어머니는 대답도 없이 눈물만 흘리셨다.

베란다 귀신

1

여덟 살 때, 부모님이 집을 마련하셨다. 두 분이 열심히 가게를 운영하며 먹을 것 안 먹고, 입을 것 아껴가며 얻은 결과였다.

셋집 계약이 끝날 때마다 전전긍긍하다 우리만의 보금자리가 생기니, 어렸지만 기분이 좋았다. 좀 낡았지만 꽤 넓었고 햇볕도 잘 들었다. 빌라였지만 1층이었기에 계단을 꾸역꾸역 올라가는 수고도 없었다.

하지만 그곳에서 겪은 이상한 일만 생각하면 지금도 소

름이 돋는다.

이사 오던 날, 너른 집이 신기해 이 방, 저 방 오가며 구경을 했다. 집에 가구가 채워지는 것이 마냥 신기했다. 그러다 거실에서 이삿짐센터 아저씨들 사이로 이상한 사람을 봤다.

검은색 한복을 입은 아주머니가 베란다에서 거실을 들여다보고 있었다. 아주머니의 얼굴은 매우 어두웠고 눈빛은 퀭한 것이 썩 좋은 인상은 아니었다. 그때까지만 해도 부모님의 손님이라고 생각했다.

그런데 보면 볼수록 이상했다. 나와 눈이 마주치자 이상한 표정을 지으며 얼굴을 찌푸렸다. 그러다 빙그레 웃으며 자신에게 오라는 듯 손짓하는데, 그 모습이 기괴해 겁이 났다. 엄마를 찾았다.

엄마는 정신이 없었다. 급한 일이 아니면 가만히 좀 있으라고 핀잔만 줄 뿐이었다. 베란다에 이상한 아주머니가 있다고 수백 번을 말했다. 엄마는 관심조차 없었다. 집에 문제는 없는지 집안 구석구석을 확인할 뿐이었다. 아빠는 더욱 정신이 없었다. 엄마가 주문한 가구나 가전기기가 파손될까 봐, 고도의 집중력으로 정리를 했다.

그러다가 나 역시 베란다에 있던 검은 옷의 아주머니를 잊었다. 나에게도 방이란 것이 생겼기 때문이다. 좋았다. 침대도 생기고, 피아노도 생기고, 컴퓨터도 생기고 말이다. 다른 것을 생각할 틈이 없었다. 어린 나이였지만 가난에서 벗어났다는 사실을 체감할 수 있었다.

이사를 끝내고 외식까지 했다. 그날 먹었던 돼지갈비 맛은 잊을 수가 없다. 지금은 사라졌지만 2000년도쯤 해운대구청 골목에 있던 조선숯불돼지갈비는 맛이 예술이었다. 어찌나 맛이 좋던지 혼자서 3인분을 먹었다. 완벽한 저녁 식사를 마치고 집으로 돌아왔다.

아빠가 주차를 한다며 먼저 들어가라고 했다. 안 그래도 엄마는 속이 좋지 않아서 집에 먼저 들어갔다. 아빠랑 같이 들어가고 싶어 집 앞 주차장 근처에서 서성였다. 그러다가 무심코 우리 집 베란다를 봤는데, 놀라서 그 자리에 주저앉았다. 낮에 본 아주머니가 우리 집 베란다 안에서 나를 빤히 보고 있었다. 너무 무서워서 소리를 질렀다. 그러거나 말거나, 아주머니는 요란하게 웃으며 어서 오라고 손짓했다. 놀라서 숨이 쉬어지지 않았다. 눈을 커다랗게 뜨고 게걸스럽게 웃고 있었는데, 그녀에게 잡히면 위험할 것 같았다.

비명을 지르며 울어버렸다. 아빠가 재빨리 주차를 하고 차에서 뛰쳐나왔다.

"어데 다친 거야? 무슨 일이고?"

너무 놀라서 말도 나오지 않았다. 베란다를 향해 손짓만 했다. 아버지가 베란다를 봤을 때는 그녀가 사라진 뒤였다.

그날 이후, 베란다에서 아주머니를 자주 봤다. 그녀는 베란다에서만 나타났다. 엄마와 아빠가 없는 날에는 더욱 자주 나타나서 겁을 줬다. 부모님에게 말을 해도 혼나기만 해, 아주머니가 보일 때면 베란다를 외면하고 다녔다. 이사한 집에 귀신이 있다고 생각하니 너무 무서웠다. 베란다에만 있을 뿐, 거실 안으로 들어오지는 않는다는 걸 작은 위안으로 삼았다.

2

그러던 어느 날, 엄마가 집에서 이상한 것을 발견했다. 평소에는 신경 쓰지 않았는데, 거실 벽지를 유심히 보니 손바닥 크기의 직사각형 모양인 뭔가가 불룩 튀어나와 있었다. 반대쪽 벽에도 있었다. 엄마는 아빠를 불렀다.

"당신, 혹시 벽지 전부 안 뜯고, 위에 그대로 발랐어?"

아빠는 난감해하며 전 주인이 그러는 게 좋다기에 그렇게 했다고 핑계를 댔다. 평소 결벽증 비슷한 것이 있던 엄마는 칼을 가져와서 그것 중 하나를 떼어냈다. 벽지를 다시 바르는 한이 있더라도 그것이 무엇인지 봐야만 했다. 그 부분을 조심스레 칼로 베어내기도 하고, 긁기도 해서 모양 그대로 떼려 했다. 손톱으로 약간 틈이 난 부분을 살살 뜯어내자, 정체가 드러났다. 노란색 종이에 뭔가를 적은 부적이었다. 엄마는 기가 찼는지 아빠를 노려봤다.

"다 떼고, 벽지 새로 해놔라!"

아빠는 겁에 질렸는지 고개만 끄덕였다. 바로 그때 베란다에서 귀신이 나타나 나를 빤히 쳐다봤다. 너무 놀라 뒤로 나자빠지며 소리를 질렀다. 아빠는 왜 그러냐고 했지만, 귀신이라는 말은 못했다. 귀신이 순식간에 사라지기도 했지만 말이다.

다음 날, 아빠가 도배공을 불렀다. 거실 벽지를 모두 뜯어낸 것이다. 곳곳에 부적 같은 것들이 덕지덕지 붙어 있었다. 아빠는 황당해하며, 도배공을 도와 모조리 긁어냈다. 그들이 벽지를 정신없이 뜯고 있을 때, 베란다 귀신이 또 나타났다. 그녀는 신이 나서 몸을 마구 흔들며 웃었다. 광적인 모습이 너무 무서웠다. 그녀는 처음으로 베란다 문을 열더니 거실 쪽으로 얼굴을 내밀었다.

부적 때문인 것 같았다. 아빠에게 부적을 떼지 않으면 안되겠냐고 했지만 소용없었다. 우리 집은 종교도 믿지 않을 뿐더러, 미신은 더더욱 믿지 않았다. 나라도 살아야겠다는 생각에 떼어낸 부적 몇 장을 들고 방으로 들어왔다. 강시 영화나, 중국 공포영화에서 귀신이 침입하지 못하게 부적을 문에 붙이던 게 생각났다. 나 역시 방문에 그것들을 붙였다.

결국, 거실에 있던 부적을 모두 제거했다. 아빠는 벽에 남은 부적이 있는지, 집 안을 둘러봤다. 깨끗했다.

그날 밤, 아빠는 부적을 뗀 걸 후회하게 되었다. 잠들자마자 악몽을 꾼 것이다. 얼마나 무서웠으면 깨면서 소리를 지를까? 예민한 엄마는 도대체 무슨 일이냐고 신경질을 부렸다. 아빠는 식은땀을 흘리며 "검은 옷 입은 여자, 검은 옷 입은 여자…"라고 되풀이했다. 그러다가 목이 탔는지 물을 마시러 가기 위해 방문을 여는 순간, 그 자리에서 기절했다.

새벽에 병원 신세까지 진 아빠는 입원 후, 수 시간이 지나서야 깨어났다. 엄마는 괜히 내가 이사 첫날부터 이상한 소리를 해서 사람을 피곤하게 만들었다며 역정을 냈다. 아빠는 나를 힐끔 쳐다보더니, 엄마가 자리를 비우자 입을 뗐다.

"아들, 저번에 베란다에서 검은 옷 입은 아주머니를 봤다고 했잖아? 베란다를 보다 몇 번 놀랐고 말이야. 아들이 본 거 아빠한테 전부 말해줄 수 있어?"

이사 온 날 이후로 꾸준히 귀신이 나타났다고 말하려는데, 엄마가 들어와 집에 가자고 재촉했다. 우리 집은 엄마가 왕이기에 두 남자는 힘이 없었다. 항상 날이 서 있는 엄마는 늘 경쟁에서 이겨야 했고, 뭐든지 깔끔해야 하는 완벽주의자였다. 사실 아빠와 나는 엄마가 더 무서웠는지도 모른다. 그래서 아무 말도 할 수 없었다.

그렇게 엄마 손에 이끌려 집에 왔다. 집에 들어오자마자, 방학 숙제부터 하라고 다그치는데 여간 피곤한 게 아니었다. 베란다 귀신이 나타날지 모른다는 생각이 들자 긴장되었다. 다시 한번 방문에 붙은 부적을 확인했다. '내 방에는 못 들어오겠지'라며 안심했다. 그러곤 잠이 들었다.

3

한참을 자고 있는데 거실에서 누군가가 시끄럽게 노래를 불렀다. 배가 고프기도 하고, 무슨 일인지 궁금하기도 해서 문을 열었다. 하지만 이내 문을 닫아버렸다.

검은 옷을 입은 귀신이 엄마의 다리를 잡고 거실 중앙 쪽으로 끌고 가고 있었다. 요란한 웃음소리가 거실에 가득했다. 무서웠지만 뒤늦은 걱정에 문을 살짝 열었다. 너무 무서운 나머지 입을 막고 나오는 소리를 참았다. 귀신은 바닥에 엎어져 있는 엄마 위로 올라갔다. 그리고 방방 뛰었다. 엄마는 의식이 없었지만, 통증이 느껴지는지 끙끙거렸다. 한참을 신들린 듯 뛰던 귀신이 갑자기 나를 향해 고개를 돌렸다.

"이히히히히… 이히히히히히…."

미친 여자처럼 허연 이를 드러내며 웃는데, 치아 사이로 침이 뚝뚝 흘렀다. 귀신은 퀭한 눈으로 나를 물끄러미 보다가, 오라며 손짓했다. 내가 무서워서 눈물을 흘리자, 귀신은 인상을 찌푸렸다. 그러더니 갑자기 머리를 마구 흔들며 나에게 달려왔다. 심장을 왈칵 쏟을 만큼 놀랐다. 서둘러 방문을 닫았다. 귀신은 문을 두드리며 무섭게 웃어댔다.

"으ㅎㅎㅎㅎ… 으ㅎㅎㅎㅎ… 문 열어, 어서 문 열어라. 으ㅎ ㅎㅎㅎ…."

방법이 없었다. 문을 잠그고 오들오들 떠는 수밖에…. 그 것이 나를 시험하기 시작했다.

"당장 문을 열지 않으면, 네 엄마를 죽여버릴 거야. 그래도 좋아?"

나는 자리에서 벌떡 일어났다. 그녀는 셋을 셀 동안 문을 열지 않으면 엄마를 해치겠다고 했다.

"하나… 둘…"

무서웠지만 엄마를 살려야 했기에 문을 벌컥 열었다.

"으히히히히히…."

그녀는 진정 악귀였다. 어린아이의 순수한 마음을 건드렸다. 야비한 미소를 지으며 가까이 다가왔다. 귀신한테도 이런 역한 냄새가 날 수 있는 건가? 하수구보다 지독하고 역한 냄새를 뿜으며 억지로 내 눈과 마주치려 했다.

"내가 베란다에서 몇 년을 갇혀 있었는지 아나? 20년이다 아이가? 이히히히히… 이히히히…."

이제는 끝이라는 생각에 오줌을 지렸다. 귀신은 사람을 계속 죽이고 싶다고 말했다. 특히 어린아이를 죽일 때 희열을 느낀다고 했다. 살아서나, 죽어서나 아이 사냥이 그렇게 재미있다며 눈앞에서 겁을 주는데, 정신을 잃을 것만 같았다. 하지만 내가 쓰러지면 엄마를 구할 수 없다는 생각에 정신을 다잡았다.

"아가야, 니한테 선택권을 줄게. 느그 집 현관문만 열어주면 느그 엄마랑 니랑 살려줄 기다. 대신 내가 밖에 나가면 니 같은 꼬맹이들을 죽이러 다닐 거다, 이히히히히. 근데 문을 열어주지 않으면 느그 둘은 내한테 죽는다, 이히히히히."

무서운 표정으로 협박하는데, 빨리 집에서 내보내고 싶었다. 남이야 어떻게 되든 무슨 상관인가. 일단은 살고 보려는데, 문득 이런 생각이 들었다. 문을 열어줘도 내가 살 수 있을까? 못된 귀신은 분명 거짓말을 잘할 텐데…. 무엇보다 아이들은 무슨 죈지 혼란스러웠다.

그런데 문득, 어째서 문을 열지 못하는지 궁금했다. 현관문에 부적 같은 기능이 있어 열지 못하는 걸까? 제발 그러길 바랐다.

귀신이 택하라고 재촉하기에 문을 열어주겠다고 했다. 귀신은 좋아했다. 그러더니 뒤뚱뒤뚱 춤을 추며 현관으로 갔다. 나는 그녀를 따라가며 방문에 붙은 부적들을 재빨리 뜯어 귀신 등에 붙였다. 효과가 있길 기도했다.

"끄아아아악!"

나의 예상이 맞았다. 귀신은 사이렌 같은 비명을 지르더니 몸을 벌벌 떨었다. 나를 죽이겠다며 온갖 욕을 퍼부었다. 나는 엄마를 흔들어 깨웠다. 그제야 정신을 차린 엄마는 귀신을 보자 경악을 했다. 맨발로 엄마와 집을 뛰쳐나왔다.

한동안 집에 들어가지 못하고 집 근처에 있는 외갓집에서 지냈다. 엄마도 그것의 실체를 알게 된 뒤 무당을 불러야 하는 것이 아니냐며 걱정했다.

그러니까 그날, 내가 방에서 자고 있을 때였다. 엄마가 기가 허한 아버지에게 푸짐한 집밥을 해주려고 냉동실에서 고기를 꺼내려는데, 검은 옷을 입은 여자가 갑자기 나타나 얼굴을 들이밀었다고 했다. 그 뒤로 엄마는 기억이 없다. 놀라 기절한 것 같다.

4

엄마와 아빠는 수소문 끝에 전 주인을 찾았다. 전 주인은 한숨을 내쉬며, 자신들도 어쩔 수 없이 그 집에서 3년간 살았다고 했다. 정확히 말하면 2년간은 귀신의 존재를 몰랐다고 했다. 귀한 손님이 집에 왔는데 담배를 피우고 싶다기에 베란다에서 피우라고 했다. 베란다 문을 닫고 담배를 피우던 손님이 경악을 하며 뛰쳐나왔다.

"저기 베란다에 검은 옷을 입은 여자를 봐… 봤습니다. 좀 전에 세탁기 위에서…."

농담을 즐기는 분이 아닌지라 난처했다고 했다. 그동안 아무 일도 일어나지는 않았지만, 베란다가 으스스하다고는 생각했다. 손님은 무속 계통에서 일하는 자신의 지인을 부르자고 권했다. 유비무환이기도 하고, 다른 것도 물어볼 생각에 허락했다. 그곳을 본 무당은 이렇게 말했다.

"위험한 귀신이 베란다에 있십니다. 아주 위험한 귀신이라예…. 저거는 살아 있을 때도 귀신보다 더한 년이라예. 지금 보소. 거실 안을 보면서 우리를 조롱하고 있지 않습니까?"

무당도 벌벌 떨었다고 했다. 하지만 사람이 사는 데는 아무런 지장이 없다고 했다.

"거실 벽이 귀신들이 싫어하는 부적들 투성입니다. 문을 열어놓으면 부적의 기운 때문에 귀신이 아무것도 못할 겁니다. 웬만하면 베란다 문을 열어두이소. 옴마야! 저거 저거, 지금 제가 이런 말 했다고 뽄땐 눈으로 쳐다보네예."

무당은 당장 베란다 문을 열었다. 부적 때문에 베란다 밖으로는 절대 나오지 못한다는 것이다. 사람이 문을 닫은 상태로 베란다에 있는 건 매우 위험하다고도 했다. 죽을 수도 있으니 조심하라고 당부했다.

무당은 아주 오래전 이 집에 질 나쁜 무당이 살았다고 했다. 악귀를 이용해 뭔가를 해보려고 한 것 같은데, 매우 위험한 귀신인지라 감당이 되지 않아 베란다에 가둔 것 같다고 했다.

전 주인은 생활하는 데 큰 문제는 없지만, 찝찝한 것은 사실이었다고 했다. 그래서 이사를 결심했다고도 했다. 요즘 누가 그런 걸 믿을까, 싶기도 했고, 집이 팔리지 않을까 봐 걱정도 돼 애써 말하지 않았다고 했다.

난감해진 부모님은 지인으로부터 훌륭한 퇴마사가 부산에 있다는 이야기를 전해 들었다. 지인의 아들이 유년 시절에 고약한 귀신에게 당할 뻔했는데, 뛰어난 퇴마사가 나타나 구해줬다는 것이다.

그에게 부탁해 집에 있는 귀신을 잡는 수밖에 없었다. 수소문 끝에 지인이 적어준 주소지인 당감동으로 향했다. 웬 노인 하나가 경비실에서 그들을 따뜻하게 맞았다.

"도영이 어머님께 들었습니다. 집에 문제가 생겼다고요?"

아빠가 그간의 일을 모두 설명했고, 귀신을 믿지 않았던 엄마가 귀신의 생김새라든지 꿈속의 상황 등을 적극적으로 묘사했다. 노인은 골치가 아프겠다며, 그녀는 죽어서도 살인의 본능이 남아 있는 악귀라고 했다. 살인에 맛을 들인 인간이 죽어서도 살인 본능을 버리지 못해 영혼이 먹힌 것이라고 했다. 노인은 시간을 보더니 어디론가 전화를 했다.

"원일이냐? 할아버지다. 할아버지 방에서 도목검桃木劍이랑 호리병, 부적 좀 챙겨 와라."

5분 뒤, 노인의 손자가 왔다. 당장 우리 집으로 출발했다. 엄마 말로는 노인이 혼자 집에 들어가 요망한 것을 호리병에 가두었고, 저승차사가 데려갈 수 있도록 어딘가에 묻었다고 했다. 부모님은 사례를 하고 싶다고 말했지만, 노인은 사람 살리는 일에 돈을 받을 수는 없다면서 손자와 떠났다.

나는 어른이 될 때까지 그 집에서 살았다. 노인이 써준 부적 때문일까? 십수 년 동안 귀신, 가위, 악몽 같은 건 모르고 살았다. 세월이 지나, 부모님의 사업도 잘되어 좋은 곳으로 이사를 했다. 그런데… 이 집… 이상하게 불안하다. 베란다에서 무언가가 보이는 것 같다.

술 귀신

1

외삼촌이 한 분 있다. 한때는 정신적 지주였고, 매번 나를 반겨준 사람이었다. 그러나 그가 알코올중독으로 모든 걸 잃은 후 만나기 싫어졌다. 그는 내가 알던 삼촌이 아니었다.

내가 결혼할 무렵, 숙모는 삼촌의 폭력에 못 이겨 집을 나갔고, 그의 아들인 이종사촌 형은 삼촌이 자신의 돈을 탕진하자, 충격으로 집에서 목을 맸다. 그의 나이 서른둘이었다. 형이 죽던 날, 세상도 슬퍼했는지 비가 억수같이 퍼부었다. 이런 비극이 또 있을까? 장례식마저도 원활하게 진행되지 못했다. 형이 죽었단 슬픔에 삼촌은 또 술을 마시고 모든 걸 엎었다. 온전치 못한 정신으로 죽은 아들의 관 뚜껑을 밀치고 일어나라며 고래고래 소리를 질렀다. 형은 죽어서도 조용히 가지 못했다.

마흔이 넘은 지금, 무의식중에 허공을 바라볼 때면 그때의 일이 자동 재생되곤 한다. 그럴 때마다 외삼촌이 미워진다.

몇 개월 전, 외삼촌은 친척들의 권유로 한 요양병원에 입원했다. 궁금했지만 가보지는 않았다. 계속 생각하면 운명의 실이 연결된다고 했던가. 어느 날 외가 사람들에게 연락이 왔다.

"동현아, 너희 외삼촌 정신이 쪼깜 괜찮아졌단다. 우짤래? 한번 같이 가볼래?"

거절하고 싶은 마음이 굴뚝같았으나, 엄마 장례식 때 외숙모의 도움을 크게 받은지라 그러겠다고 했다. 지금도 외숙모를 생각하면 복잡한 생각이 든다. 형이 죽었다는 사실을 알까? 어디에서 무엇을 하고 계신지 궁금했다. 찾으려고 해도 알 수 없었다.

오랜만에 만난 외삼촌은 깡마른 노인이 되어 병실에 앉아 있었다. 노화가 많이 진행되었지만 예전의 모습이 남아 있었다. 삼촌은 얼마 없는 기력으로 나를 알아봤다.

"이게 얼마 만이고? 잘 지냈나? 그래 애들은 잘 크고 있고?"

술을 마시지 않은 삼촌은 지극히 정상인이었다. 병원에 들어오면서부터 술을 단 한 번도 마시지 않았다고 했다. 철저한 보안과 통제로 술 마실 기회를 차단당했기 때문이다. 마음이 한결 놓이는 듯했다. 그러나 그것도 잠시, 삼촌이 잔잔한 마음에 돌을 던졌다.

"우리 태준이는 즈그 아버지가 이레 아파서 병원에 있는데, 한 번을 안 오네? 동현아, 태준이는 요즘 어떻게 지내노?"

죽은 지 10년이 넘은 형을 찾았다. 형이 왜 죽었는지도 모르는 눈치였다. 외가 사람들 모두가 말하기를 꺼리는 눈치였다. 외삼촌이 나의 손을 덥석 잡으며 자신의 아들에게 전화를 걸어달라고 했다. 처음에는 말하지 않으려 했지만, 형을 죽인 장본인인 삼촌이 미워 모든 걸 말했다.

"삼촌이 기억 못 하시면 안 되잖아요. 태준이 형이 모은 돈을 삼촌이 훔쳐서 전부 탕진하는 바람에 자살했잖아요. 장례식장에서도 그 난리를 쳤으면서 기억이 안 난다고요?"

그 말을 듣자, 삼촌의 동공이 커졌다. 타임머신을 타고 과거로 시간여행을 하는 듯 허공만 응시했다. 잠시 후, 아비규환 같은 지난날을 깨달은 듯 중얼거렸다.

"태… 태준이가… 우리… 태… 태준이가…."

삼촌이 발작을 일으켰다. 과거를 부정하듯 비명을 지르며 머리를 쥐어뜯었다. 괜한 말을 한 걸까? 뒤늦은 후회가 들었다. 기운이 하나도 없던 사람이 외가 어른의 팔을 붙잡고 매달렸다.

"제… 제발 수… 술 좀 사주이소. 수… 술 좀 사달라고요."

술을 사다 주는 이는 아무도 없었다. 지난날을 잊기 위해

독한 물을 다시 찾는 삼촌의 모습에 또 실망했다.

2

한동안 불면증에 시달렸다. 다시는 엮이고 싶지 않은 사람과 같은 세상에 살고 있다고 생각하니 여간 머리 아픈 일이 아니었다. 외가 친척들에게 속은 기분이 들었다. 그날 이후, 외삼촌이 나만 찾는다며 병원에 가보라는 것이었다. 거절하지 못하는 성격이 문제였다. 짜증이 났지만, 몸은 삼촌이 좋아할 만한 간식을 사서 가고 있었다.

삼촌이 미쳐서 날뛸까 봐 조마조마했다. 그러나 그날 본 삼촌은 예전에 내가 알던 삼촌이었다. 안경을 고쳐 쓰며 신문을 읽고 있었다. 문득 어린 시절이 떠올랐다. 여름방학 무렵에 삼촌 집에 놀러 가면 방학숙제를 늘 함께해주셨다. 아들이 있었는데도 나를 그렇게 챙기셨다. 자상하고 존경했던 삼촌이었는데, 왜 그렇게 됐는지 모르겠다. 대학생이 되고 찾아간 삼촌 집에서 이상한 낌새를 느꼈는데, 삼촌이 술에 취한 모습을 처음으로 보았다. 학교에서 돌아온 태준이 형을 못살게 굴었고, 말리는 숙모의 뺨을 내려쳤다. 그동안

보아온 삼촌의 모습과 달라 놀랐던 기억이 있다. 어른이 된
후에 본 삼촌의 모습은 귀신보다 무서웠다. 본래 술을 저렇
게 많이 마시는 사람이었나? 술만 마시면 돌변하는 그런 사
람이었나? 삼촌은 어느새 괴물이 되어 있었다.

"동현이 왔나?"

굳은 표정을 지우며 병실로 들어갔다. 삼촌은 지난번에
는 미안했다며 요즘 들어 정신을 놓는 일이 많다고 했다. 인
연의 중간 과정은 덜어내고, 삼촌과 좋았던 시절에 대해서
만 이야기했다. 그러나 대화란 것이 나만 조심해서 되는 문
제가 아니었다. 당신께서 먼저 태준이 형에 대한 이야기를
꺼내놓고 흔들리는 모습을 보였다. 태준이 형이 큰 잘못이
라도 저지른 듯 분노했다. 자신의 피붙이인데 어째서 그렇
게 싫어할까? 태준이 형은 누가 봐도 외삼촌의 아들이었
다. 심지어 목소리까지 똑같아 유전자 검사 따위를 할 필요
도 없었다.

"삼촌, 진정하세요. 형은 이제 여기 사람이 아니에요. 이
제 그만 놓아주세요."

내 말을 듣자, 삼촌의 눈빛이 변했다. 거대한 구렁이를 연상시켰다. 삼촌이 고개를 틀어 나를 노려보는데 숨이 멎을 것 같았다. 한동안 말이 없었다. 삼촌은 분노의 눈빛으로, 나는 겁을 먹은 눈빛으로 서로를 바라봤다. 다행스럽게도 이내 적막이 깨졌다. 요양사가 들어온 것이었다. 삼촌의 표정이 갑자기 싹 바뀌었다.

"태준이는 잘못한 거 하나 없다. 내가 술을 마시면 통제가 안 돼서 그랬다. 태준이만 생각하면 고마 마음이 안 좋아서 그런다. 이해해라."

삼촌을 이해할 수 없었다. 태준이 형 이야기만 나오면 분노에 찬 말투와 표정이 됐기에 나조차도 정신병에 걸린 듯 어지러웠다.

3

삼촌에게 다시는 가지 말자고 다짐했다. 더 이상 감정을 소비하고 싶지 않았다. 이번에는 초코파이와 두유가 먹고 싶다며 삼촌에게 직접 전화가 왔다. 피곤했다. 그러나 이미 차에 시동을 걸고 있었다. 순간 이런 생각이 하나 떠올랐다. 이왕 삼촌에게 가는 거, 왜 그런 선택을 했는지 알아볼까? 삼촌을 이해해보기로 했다.

삼촌을 세 번째로 본 날이었다. 항상 느끼는 거지만 삼촌을 만나면 처음에는 좋다. 따뜻하고 자상하다. 그날도 먼저 안부를 물었고 신문을 보며 요즘 사회 분위기에 대한 이야기를 꺼냈다. 하지만 거기서 눈살을 찌푸렸다. 가정폭력범에 대한 비난도 서슴지 않고 하는 것이었다. 삼촌에게 치매까지 온 걸까? 그러지 말아야지, 말아야지, 하면서도 삼촌에게 물었다.

"삼촌, 숙모나 형에게 손찌검한 적 있으시죠?"

삼촌은 한숨을 내쉬며 고개를 여러 번 끄덕였다. 처음 보는 모습이었다. 만날 때마다 자신이 저지른 일을 부정했는데, 그날만큼은 수긍했다.

"내가 말이야, 이제 살날이 얼마 남지 않은 것 같다. 죽기 전에 니한테 털어놓을 것이 있다."

사람이 죽을 때가 되면 변한다더니…. 사십이 돼서야 그 말에 공감하게 되었다. 삼촌은 안타까운 표정으로 허공을 응시했다.

"그때가 30대 중반이었나. 그때까지만 해도 평범했지. 아내밖에 몰랐고 태준이 크는 재미로 살았지. 그런데 동창회 때문에 고향에 내려갔던 날부터 인생이 꼬이기 시작했다."

삼촌은 오랜만에 동창들과 모여 술을 거하게 마시고 놀았다. 당시에는 시골 술집이 늦게까지 영업을 하지 않아 친구 집 창고에서 자리를 깔고 마셨다. 술이 떨어지니 사 올 곳이 없었다. 친구가 옆집에 술을 가지러 가자고 했다.

친구네 옆집은 빈집이었다. 고약하기로 소문난 늙은이 하나가 혼자 살았는데, 그가 병으로 죽자 그대로 빈집이 되었다. 고인에게는 가족이나 친척이 없어 가끔 삼촌 친구네 가 청소를 해주었단다. 친구는 그 집에 담근 술이 많다고 했다. 더덕주부터 인삼주까지… 술을 수집하는 노인이 틀림 없었다. 그러나 죽은 자의 물건 아닌가. 친구들은 찝찝해했지만, 삼촌은 죽은 사람이 술을 가져갈 것도 아니지 않느냐며 가장 큰 술병을 들고 나왔다.

창고에 와 다시 보니, 술에서 붉은빛이 돌았다. 알맹이가 없어 내용물은 알 수 없지만 산수유나 석류 같은 것으로 담근 술이 아닐까, 생각했다. 마셔보니 과일주는 아닌 것 같았다. 뭔지 알 수 없었지만 맛이 매우 좋았다고 했다. 친구들은 술을 마시지 않았다. 삼촌은 혼자서 그 많은 양의 술을 모두 마셔버렸다. 어찌나 맛이 좋던지, 친구들이 안 마시는 것이 고마울 정도였다.

삼촌은 그것을 마시고 자신이 이상해졌다고 했다. 술이 술을 부른다고, 그것을 다 마시고 죽은 자의 집에 가서 담근 술을 또 가져다 마셨다. 통제가 되지 않았다. 친구들이 말렸지만 소용없었다.

그날 이후, 술을 마시지 않은 날에는 평소처럼 자상했지만, 술을 마시는 날에는 통제가 되지 않았다고 했다. 술을 마시다 정신을 차렸을 때, 숙모와 형이 자신의 손찌검 때문에 두려워 떨고 있는 모습을 보면 마음이 아팠다고 했다. 자신의 행동이 후회됐지만, 실수를 반복했다고 했다. 술이 고파지면 귀에서 북소리가 들리면서 통제할 수 없다고 했다. 일하지 않고 집에서 술만 퍼마시는 자신이 싫었지만, 술을 끊을 수 없었다고 했다. 숙모의 가방을 뒤져서라도, 태준이 형의 옷을 뒤져서라도, 동네 구멍가게에서 외상을 해서라도 술을 마셔야만 했다.

무엇보다 술에서 깬 뒤 마주하는 현실은 자신을 더욱 미치게 만들었다고 했다. 숙모는 삼촌의 폭력에 못 이겨 집을 나갔다. 다시는 술을 마시지 않겠다고 작정했지만, 그날을 넘기지 못하고 소주 다섯 병을 사 와 마셨다. 시골 친구네 옆집 노인이 술을 권하기라도 하는 것처럼 주위에서 신나게 북을 치는 것 같다고 했다. 북소리를 회상하는 삼촌의 입가에 미소가 살짝 번졌는데 소름이 돋았다.

어느 날, 둥둥둥 북소리가 또 들렸다. 당장 술을 마셔야 했다. 태준이 형 방에 들어가 돈을 찾았다. 비극이 시작됐다. 서랍 깊숙이 있던 통장과 도장을 발견한 것이다. 무려 4천만 원. 눈이 뒤집어졌다. 북소리가 더욱 빠르게 들렸다. 택시를 타고 은행에 가서 현금으로 모두 찾았다. 꽤 오랫동안 집에 들어가지 않고 온갖 비싼 술을 마시며 잔치를 즐겼다고 했다.

오랜만에 집에 들어갔는데, 태준이 형이 목을 매달고 죽어 있었다. 그때도 삼촌은 인사불성으로 술에 취해서 경찰서에 신고만 했다고 한다.

태준이 형은 지긋지긋한 지옥에서 벗어나 숙모와 함께 살고 싶었다. 그래서 한 푼, 두 푼 돈을 모았던 것이다. 지금 생각해보면 형은 어렸을 때 꽤 영리했다. 그런 형이 언제부턴가 사람들 앞에서 말을 더듬으며, 눈도 마주치지 못했다. 공황장애를 앓았던 게 아니었을까, 싶다. 형을 생각하니 분노가 다시 북받쳤다.

"그래서 무슨 말을 하고 싶으신 건데요?"

삼촌의 말도 안 되는 이야기에 감정을 통제할 수 없었다.

"내… 내한테 그 영감쟁이 귀신이 씌었다. 그날 내가 그 죽은 영감쟁이 술을 마셔서 이렇게 된 기다. 그 귀신 때문이다…."

삼촌이 흥분하여 주위를 둘러봤다. 병원에 있는 동안 북소리가 들리지 않은 적이 없다고 했다.

"도… 동현아 술, 술 좀 사 온나… 당장…."

4

이상하게 기분이 더러웠다. 감정에 오물이 묻은 것 같았다. 귀신에게 책임을 뒤집어씌우다니. 한편으로는 삼촌의 말이 맞는 것도 같았다. 삼촌도 예전에는 술을 절제했다. 어린 조카들이 있을 때는 술을 입에도 대지 않았다. 삼촌의 주장이 의심스럽긴 했지만, 의심만 하기에는 묘하게 그럴듯했다.

"아무래도 외삼촌이 이상해. 귀신 같은 헛소리나 하고 말이야. 이제 다시는 가지 않으려고…."

아내에게 말하자, 뭔가 답하고 싶은 기색이 역력했다. '귀신'이라는 소리에 눈이 반짝였다. 삼촌에게 들었던 이야기를 고스란히 해주었다.

아내는 외삼촌의 말이 사실일지도 모른다고 했다. 세상에는 우리가 알지 못하는 일들이 많다고 했다. 그건 현대 과

학으로 설명할 수 없다며, 명함 하나를 내밀었다.

"문…유… 미디어 유원일 PD? 이게 뭐야? 방송국이야?"

아내는 대학 후배라고 했다. 대학 시절에 자취방에서 처녀 귀신을 본 적이 있는데, 그 후배가 처리해줬다고 했다. 믿을 수 있는 말을 해야지, 무당도 아니고 일개 외주 제작사 PD가 귀신을 잡는다고? 그런 아내가 실망스러웠다. 하지만 귀 얇은 나 아니던가. 결국 유원일 씨를 만나게 되었다.

"안녕하세요…?"

큰 키에 덩치도 엄청 컸다. 『삼국지』에 나오는 장비같이 눈매가 매서웠고 이목구비가 뚜렷했다. 어떻게 말을 꺼내야 할지 몰랐는데, 그쪽에서 먼저 아내에게 모두 들었다며 당장 외삼촌에게 가보자고 했다. 자신도 세상의 모든 귀신을 안다고 할 수 없기에 말만 들어서는 알 수가 없다고도 했다. 술 귀신에 홀리면 골치가 아플 것이라며 인상을 찌푸리는데 불안했다. 첫째는 사이비와 연을 맺어 귀찮은 일이 생기는 건 아닌지 걱정이었고, 두 번째는 정말 술 귀신 때문이라면 태준이 형은 무슨 쥔가, 싶은 지난날에 대한 안타까움이었다. 귀신의 짓이라면 너무 괘씸하지 않은가.

유원일 씨를 데리고 외삼촌이 있는 병동으로 갔다. 삼촌이 반갑게 맞아주셨다. 원일 씨에 대한 거부감도 없었다. 원일 씨 역시 나의 대학 후배라고 삼촌을 속이며 곧잘 어울렸다. 웬일인지 삼촌과 아무런 문제없이 대화를 잘 마쳤다. 하지만 병동을 나오자 원일 씨의 안색이 어두워졌다.

"형님의 외삼촌 주위를 하나도 빠짐없이 살펴보았습니다. 술 귀신의 흔적은 없더군요. 자신의 과오를 인정하기 싫으셨나 봅니다. 술 귀신에 홀린 사람은 술주정을 하지 않아요. 죽을 때까지 술을 퍼마실 뿐입니다. 외삼촌께서는 술을 마시면 원래 폭력적으로 변하는 분이에요. 술이 문제가 아니라 사람이 문제라는 거죠. 대부분의 알코올중독자들이 그렇습니다. 매우 유감스럽습니다. 다만…."

역시 그럴 것 같았다. 그러나 유원일 씨의 다음 말을 듣고 숨이 턱 막혔다.

"다만… 아주 무서운 모습의 두 남녀가 외삼촌 등 뒤에서 있었습니다. 외삼촌의 아들과 아내인 것 같았습니다. 아드님께서는 목을 매고 죽었는지 혀를 길게 내밀고 있었고, 아내분께서는 농약을 마시고 죽었는지 검은 토사물을 흘리며 외삼촌을 노려보고 있었습니다."

머릿속이 새하얘져 아무 말도 하지 못했다. 원일 씨는 시간이 모든 걸 해결해줄 것이라며 가벼운 목례를 하고 떠났다.

이후로 외삼촌에게 수도 없이 전화가 왔지만, 받지 않았다. 요즘에는 공중전화 번호로 가끔 전화가 오는데, 그때마다 귓가에서 둥둥둥 북소리가 나는 것 같다. 기분 탓이겠지? 오늘도 삼촌 생각을 잊으려 술잔에 술을 따른다.

환생

1

꽃 피는 4월이 되면 한 친구가 생각난다. 강석구…. 4월 1일, 석구는 거짓말처럼 한 고급 아파트 옥상에서 뛰어내렸다. 비극이었다. 여자친구의 배신으로 극단적인 선택을 한 것이다. 유서에는 죽어서라도 복수하고 싶다는 내용이 남겨 있었다. 안타까웠지만 한편으로는 어리석다고 생각했다. 5년이 지났다. 녀석이 숨을 거둔 자리에 꽃과 술을 놓은 뒤 넋 놓고 한참을 있었다.

네 살 정도로 보이는 꼬마가 가로수 뒤에서 나를 쳐다봤다. 똘똘한 게 귀여워서 이리로 오라고 했다. 아이는 부끄러워하지도 않고 다가왔다. 이름은 무엇인지, 부모님은 어디 계시는지 물었다. 그런데 대답은 하지 않고 내 이름을 대뜸 불렀다.

"우창우…."

깜짝 놀랐다. 처음 본 아이가 어떻게 내 이름을 알고 있는지 궁금했다.

"어떻게 삼촌 이름을 알고 있어?"

아이는 빙긋이 웃기만 했다. 그러더니 대뜸 자신이 강석구라고 했다. 처음에는 장난인 줄 알았다. 아이에게 누가 시킨 거냐고 물었다. 아이는 대답이 없었다. 누구의 장난인지는 몰라도 기분이 나빴다.

"창우야, 나 정말 석구야. 네가 나를 아직도 기억하고 있어서 반가운 마음에 왔어."

어린아이의 발음은 정확했다.

"아직도 기억한다. 너가 신입생 때부터 좋아한 은지…. 어느 날 개가 고백하는 줄 알고 따라갔는데, 알고 보니 다단계였다는 거…. 지갑하고 신발 뺏기고 겨우 탈출해서 나한테 연락했잖아. 또 우리만 아는 거 말해볼까? 대학 때 엠티 가서 니가 화장실…."

"그만!"

아이는 강석구가 맞았다. 녀석과 단둘이 알고 있는 이야기를 어제 일처럼 꺼냈다. 녀석이 반가웠다. 그동안 많이 보고 싶었다며, 꼭 껴안았다. 녀석도 자신을 기억해줘서 고맙다고 했다.

"그건 그렇고…. 어떻게 된 거야?"

석구는 미소를 지으며 말했다.

"환생했어…."

도무지 믿을 수 없었다. 환생이라니, 그게 가능한 일인가. 했다 치더라도 이전 생을 기억할 수 있나? 나의 물음에 녀석은 얼굴이 어두워졌다.

믿을 수 없는 일이 일어났다. 죽었던 죽마고우가 어린아이가 되어 돌아왔다. 다시 한번 주위를 둘러봤다. 몰래카메라 같은 것은 아닌지, 의심이 됐다.

"말하자면 길어…. 결론만 얘기하자면 나는 복수를 위해 다시 태어났어."

처음에는 그 의미를 알지 못했다. 그러나 곧 깨달았다. 녀석은 아직도 그녀의 배신을 마음에 두고 있었다. 5년 전, 석구에게는 꽤 오래 사귄 연인이 있었다. 그녀를 너무 사랑했기에 원하는 건 뭐든지 해줬다. 형편이 좋지 않음에도 늘 열심이었다. 생활비가 부족해도 그녀의 가방을 사주었고, 아르바이트를 늘려서라도 그녀의 신발을 사주었다. 졸업하고 조그마한 회사에 갓 취직한 청년이 돈이 어디 있겠는가. 그러나 그녀는 자기 친구들의 애인과 비교하며, 불만을 터트렸다. 옆에서 모든 걸 지켜봤던 나는 석구가 얼마나 괴로워했는지 잘 안다. 그녀가 좋아하는 값비싼 케이크를 사줘야 한다며 돈을 빌려 간 적도 한두 번이 아니었다.

그러던 어느 날, 석구는 그녀가 다른 남자와 여행을 갔었다는 걸 알게 됐다. 석구의 추궁에 그녀는 다른 남자를 만났다고 실토했다. 적반하장도 유분수지. 그녀는 석구의 부족함을 하나부터 열까지 나열하며 태세를 전환했다. 집도 차도 없는 남자를 뭘 보고 사귀느냐며 따졌다. 석구를 자기 친구의 남자친구들과 비교하며 깎아내린 뒤, 자신을 데리러 온 남자와 사라졌다. 석구는 모멸감을 느꼈다. 자신이 하찮게 여겨졌던 모양이다. 술을 퍼마시다 유서를 쓴 뒤, 그녀가 살고 싶어 하던 최고급 아파트에서 뛰어내렸다.

"무슨 복수를 한단 말이야?"

석구는 대답이 없었다. 빙긋이 웃기만 했다.

"태윤아, 너 어디 있니?"

한 여자의 목소리가 들려왔다. 여자는 우리 쪽을 보더니, 단숨에 달려왔다.

"태윤아, 엄마 옆에 꼭 붙어 있으라고 했잖아!"

나는 여자의 얼굴을 보고 경악했다. 석구의 그녀였다. 그녀는 나를 알아보지 못했는지, 가벼운 목례만 하고 석구를 데려갔다. 석구는 손을 흔들며 빙긋이 웃었다.

녀석의 장례식이 생각났다. 그녀는 오지 않았다. 그리고 얼마 지나지 않아 돈 많은 남자와 결혼했다. 그녀는 꿈을 이룬 듯 보였다. 녀석에게 말했던 최고급 아파트에 살게 된 것이다. 그녀 품에 안겨 가는 석구를 한참 동안 바라봤다. 그녀는 자신이 배 아파 낳은 아들이 석구인 줄도 모르고 예뻐했다. 얼굴을 비비고, 입을 맞추고…. 지금은 저 아이가 세상에서 가장 사랑스러울 것이다.

녀석의 복수가 뭔지는 모르겠지만 별것 아닐 거라고 생각했다. 부모와 자식은 전생에 악연이었다던데, 이게 복수인 건가? 준비했던 술과 꽃을 들고 집으로 돌아왔다.

2

다음 날, 아무 생각 없이 뉴스를 틀었다. 사고 소식이었다. 아이가 아파트 고층에서 추락사했다는 내용이었다. 안타까운 마음에 끝까지는 못 보고 채널을 돌리려는 순간, 어딘가 모르게 낯익은 곳이 보였다. 뉴스 내용에 집중했다.

"저곳은 석구가 뛰어내린 곳인데? 어째서… 아이가, 아이가?"

정신이 번쩍 들었다.

'설마….'

이런 방식의 복수는 정말 잔인하지 않은가! 내 짐작이 맞는지 확인하려고 집을 뛰쳐나왔다. 수소문 끝에 추락사한 아이의 장례식장을 찾았다. 숨이 덜컥 막혔다. 생각대로 사망한 아이는 석구였다. 한숨만 나왔다. 이렇게까지 복수할 필요가 있었을까? 집요함이란 때로 소름 끼치도록 무서운 것이었다. 그녀의 배신이 죽음을 초월할 만큼 마음에 상처를 입힌 걸까? 녀석은 그녀의 아들로 태어나서 이전과 똑같은 방법으로 죽어버린 것이다. 조문하러 온 사람들의 말로는 아이가 그녀의 눈앞에서 뛰어내렸단다. 그녀는 충격에서 헤어 나오지 못했다. 그녀에게는 세상에서 가장 아픈 충격일 것이다. 그녀는 결국 졸도해버렸다. 그녀 모친의 말에 의하면 그녀가 이런 말을 반복했다고 한다.

"어… 엄마… 이… 이건… 강… 강석구의 저주예요. 그 새… 새끼가… 우리 태윤이를… 데려간 거란 말… 이에 요…. 어… 어떻게… 강석구가 죽은 자… 자리에서… 태윤 이도 주… 죽을 수 있느냔 말이에요."

그녀에게 당신의 아들이 다시 태어난 석구였다는 건 차마 말하지 못했다.

21세기 귀신

1

"아니, 갑부가 뭐가 부족해서 자살을 하느냔 말이야! 집 봐라, 전부 자동화 시스템에 인터넷도 다 되고… IT 기업 대표 아니랄까 봐 사방이 디스플레이네. 이게 뭐라더라? 사물… 인터넷?"

의문의 사건이 벌어졌다. 유명 IT 기업의 대표 장문교가 자살했다. 자신의 펜트하우스에서 뛰어내렸다. 그러나 가족들은 하나같이 살인사건이라고 진술했다. 이해할 수 없는 것은 장문교가 이미 죽은 사람에게 살해당했다는 것이다. 짜증이 났다. 그렇다면 귀신의 짓이란 말인가?

"그러니까 그 귀신이 누군데예?"

가족들은 최민석이란 남자의 짓이라고 했다. 조사해보니 최민석은 얼마 전에 죽은 남자였다. 중학생 아들인 장우람의 진술에 따르면, 장문교는 꽤 오랫동안 유령이 된 최민석에게 시달렸다고 했다.

최민석의 죽음을 조사해보니 자살이었다. 직원 몇을 집요하게 추궁했다. 최민석은 장문교에게 꽤나 괴롭힘을 당한 것 같았다. 많은 직원들 앞에서 장문교에게 뺨을 맞은 적도 있고, 회식 자리에서 온갖 더러운 것을 술잔에 부어 마시게도 했다. 최민석은 해고당하지 않기 위해 온갖 수모를 감당했다.

한번은 최민석이 대들었다고 한다. 경찰에 신고하겠다며 전화기를 든 것이었다. 장문교는 눈 하나 깜짝하지 않고, 그렇게 하라고 했다. 그러나 전화번호를 누르는 순간, 모든 인맥을 동원해서 최민석과 가족들까지 죽이겠다고 협박했다. 최민석은 전화 걸기를 포기하면서 자신의 목숨도 포기했다. 빌딩 옥상에서 투신한 것이다. 그가 죽었다는 사실이 보고서에 고스란히 기록되어 있었다. 시신의 사진까지 있었다. 그가 살아 있을 가능성은 전혀 없다.

굉장히 거슬렸다. 최민석이 사망자임에도 불구하고 사람들은 계속해서 그가 살아 있다고, 귀신이 되어 나타났다고 했다. 회사 직원뿐만 아니라, 장문교의 가족들까지 호소하는데 미칠 노릇이었다.

"가끔 혼자서 일을 할 때, 죽은 민석이에게 전화가 와요. 혹시나 싶어서 받으면 정말 민석이 목소리가…."

장문교의 가족들은 최민석이 허구한 날 집에 나타난다고도 했다. 겁만 잔뜩 주고 사라진다며 공포에 떨고 있었다. 장문교의 가족과 직원들을 데려다 마약 반응 검사라도 하고 싶은 심정이었다. 그러나 민중의 지팡이로서 그럴 수는 없지 않은가. 작은 단서라도 찾으려고 장문교의 노트북을 열었다.

"…?"

화상 채팅창 하나가 열리면서 최민석이 나타났다. 기가

찰 노릇이었다. 그는 나를 빤히 쳐다보며 섬뜩한 미소를 지었다.

"당신 누구? 혹시 경찰이세요?"

숨이 턱 막히면서 말을 이을 수 없었다. 고개만 끄덕였다. 최민석은 또다시 미소를 지었다. 자신이 장문교를 죽였다고 했다. 믿을 수 없는 노릇이었다.

"거짓말 마, 최민석 당신은 죽었잖아! 당신이 죽었다는 보고서를 모두 확인했어."

최민석은 나를 비웃듯 소리 내어 웃었다. 그러고 자신의 몸이 온전하다는 듯 손가락을 움직이며 팔을 흔들었다.

"짜잔, 이렇게 살아 있잖아요!"

이게 가능한 일인가? 오늘 아침에 먹은 순두부찌개에 누가 히로뽕이라도 탄 걸까? 스스로를 의심하기 시작했다.

"형사님, 수고하세요. 저는 해야 할 일이 많아서… 빠빠이~!"

노트북 화면에서 최민석이 사라졌다. 키보드를 아무리 두드려도 그는 나오지 않았다. 그는 도대체 어떤 프로그램을 통해서 접속한 걸까? 찾을 수 없었다. 어릴 적에 하던 하두리 채팅 같은 건가?

팀장님께 전화를 드렸다. 최민석이 살아 있다고 전했다.

"뭐시여? 야 이 미친놈아, 최민석이 왜 살아 있어? 말이 되는 소리 좀 혀라. 그냥 단순 자살로 종결하자. 위에서도 빨랑 종결지으란다."

최민석이 나타난 판국에 수사 종결이라고? 그럴 수는 없었다. 우리 팀 모두가 나를 미친놈 취급했지만 최민석을 찾아야만 했다. 그의 집에 갔다.

"남편의 생전 모습을 보고 싶다고요?"

최민석의 아내가 핸드폰을 건넸다. 최민석이 세 살 먹은 아이와 함께 노는 모습이 찍혀 있었다.

"짜잔! 현우야, 이게 뭘까요?"

"현우야, 아빠 회사 다녀올게. 빠빠이~!"

장문교의 노트북에서 본 것은 최민석이 맞았다. 하이톤의 목소리와 친근한 말투가 분명 최민석이었다. 최민석은 정말 살아 있는 걸까? 그가 살아 있다고 섣불리 말하지 못하고 일어나려는 찰나, 최민석의 아들이 냉장고를 향해 뛰어갔다.

"아빠!"

최민석의 아내는 그런 아들을 잡았다.

"아빠는 이제 없어···. 하늘나라에 갔잖아."

그런 모습을 보니 한숨이 나왔다. 최민석이 더러워도 장문교의 회사에 다닐 수밖에 없었던 이유를 보니, 먹먹했다. 죄송하다는 말만 남기고 집을 나왔다. 바로 그때, 한 통의 전화가 왔다. 죽은 장문교의 아내였다.

"형사님, 지… 지… 지금… 우… 우리 집에… 최… 최…
최민석이… 으아아악…!"

최민석이 장문교의 집에 나타났다는 말에 소름이 돋았
다. 팀원들을 데리고 현장으로 갔다. 장문교의 아내와 아들
은 서로 부둥켜안은 채 벌벌 떨고 있었다. 정말 최민석이 살
아 돌아온 걸까? 두 사람의 얼굴색이 증명해주는 것 같았지
만 그래도 믿을 수 없었다. 좀 전 상황을 설명해달라고 부탁
했다. 아들 장우람이 횡설수설하며 말을 이었다.

"그… 그러니까요…. 민석이 아저…씨가… 우리 집에 나
타났어요. 계속 절 불렀어요. 부엌에서 나타났다가, 거실에
서 나타났다가…. 그러더니 저에게 전화까지 했어요."

믿을 수 없었다. 장문교의 아내는 안마의자에서 안마를
받고 있었는데, 최민석이 자신을 안마의자에 가두려고 했
다는 것이다. 하지만 최민석의 흔적은 어디에도 없었다. 팀
장님과 팀원들이 한숨을 쉬며 내 얼굴을 쳐다보는데 고개
를 들 수 없었다. 장문교의 가족보다 나를 더 경멸하는 것
같았다. 하는 수 없이 철수했다. 귀신에게 홀린 기분이었다.

그때 장우람에게 전화가 걸려 왔다. 녀석은 뭔가에 홀린 듯 베란다로 걸어갔다. 베란다 밖 창문이 저절로 열리면서 장우람이 떨어졌다.

"으아악!"

순식간의 일이었다. 평소에는 열리지 말아야 할 창이 열렸다. 환기나 화재 위험에 대비하기 위한 장치인데, 너무나 쉽게 열린 것이다. 장문교의 아내는 맨발로 뛰쳐나갔다. 그러나 아들의 얼굴은 이미 알아볼 수도 없을 만큼 일그러져 있었다.

"이게… 다 최민석의 짓이야…. 최민석… 우리가 최민석에게 갑질을 했다고 그 새끼가 남편과 아들을 죽인 거라고…. 경찰들은 뭐 하는 거야? 이것도 최민석이 한 짓이 틀림없어!"

할 말이 없었다. 장문교의 아내는 계속해서 최민석이 자신들에게 복수를 하고 있다고 했다. 펜트하우스에 남아 있던 막둥이 형사에게 연락이 왔다.

"형님, 팀장님이랑 빨리 올라오세요."

2

엘리베이터를 타고 올라갔을 때, 경악할 수밖에 없었다. 집안 곳곳에서 최민석이 보였다. 장문교 가족들의 말은 사실이었다. 헛것이 아니었다. 냉장고부터 집에 있는 텔레비전까지 집에 있는 모든 디스플레이 속에 최민석의 모습이 비쳤다.

"최민석 씨… 당신 죽은 것이…?"

팀장님도 놀라서 말을 잇지 못했다. 죽은 자가 다시 나타날 줄은 꿈에도 생각지 못했다.

"장문교에 이어서 그의 아들까지도 제가 죽였어요…."

최민석은 한참을 웃어댔다. 그러다 증오의 눈으로 돌변했다.

"저기요? 갑질이라는 거 들어보셨나요? 회사에서는 장문교에게 온갖 수모를 당했고요. 장문교의 집에 불려 가서는 그 마누라와 애새끼한테까지 개보다 못한 취급을 받았어요. 이유 없이 매까지 맞으면서 노리개 취급받는 심정을 아세요? 저는 컴퓨터 프로그래머로 회사에 들어온 거지, 노리개로 들어온 게 아니거든요."

최민석은 아직도 분이 풀리지 않는 것 같았다. 우리는 여전히 이해가 되지 않았다. 최민석은 죽었다. 대한민국 시스템이 아무리 허술하다 해도, 사망자 확인도 제대로 하지 않고 사망 신고를 할 리가 없다. 가족들도 시신을 확인했는데….

"다… 당신은 죽었잖아? 복수를 위해서 죽음을 조작이라도 했단 말이야? 말도 안 되는 일이잖아?"

최민석은 웃기만 했다. 그가 살아 있을 가능성이 높아졌다는 소식을 듣고 최민석의 아내와 아이가 왔다. 장문교의 집과 가까운 곳에 살았기에 빨리 도착할 수 있었다. 최민석의 아내가 남편을 알아보기 전에 아이가 먼저 아빠를 알아봤다.

"아빠!"

아이는 창에 부착된 디스플레이며, 냉장고에 설치된 디스플레이를 보며 "아빠"라고 외쳤다. 최민석의 아내 또한 충격이었다. 남편이 살아 있다니…. 어딘지는 알 수 없지만 남편이 소파에 편안하게 앉아서 사람들을 응시하고 있었다.

"다… 당신 누구예요? 남편은 죽었단 말이에요!"

최민석은 아내에게 대답했다.

"그래, 육체는 죽었지. 하지만 나는 영원히 죽지 않아…."

최민석의 아내는 놀라서 입을 틀어막았다. 분명 남편이었다. 말투부터 표정까지, 모두 똑같았다.

"도대체 어떻게 된 겁니까? 남편이 맞다고요? 최민석 씨는 사망하지 않았습니까!"

미궁에 빠졌다. 최민석에게 어떻게 된 일인지 말해달라고 했다. 그는 머리를 긁적이며, 한숨을 쉬었다. 최민석의 아내는 그런 행동도 남편의 생전 모습과 똑같다고 했다. 그녀는 최민석의 죽음을 확인한 사람이었다. 그녀에게 최민석은 영락없는 귀신이었다. 원혼이 깃든 귀신, 죽어서 장문교 부자에게 복수를 한 귀신…. 공포였다. 장문교의 집에 있던 모든 사람이 혼돈에 휩싸였다.

"이제 나의 역할은 끝났으니, 사라져줘야지…. 여보, 또 보자. 현우야, 아빠 갈게요. 빠빠이~!"

3

한동안 최민석 쇼크에서 벗어날 수 없었다. 우리 팀은 행여나 최민석이 살아 있을까 봐, 그에 대한 모든 것을 조사하기 시작했다. 그러던 중 놀라운 사실을 발견했다.

최민석은 장문교의 회사에서 '슈퍼에고'라는 컴퓨터 프로그램을 만들었다. 슈퍼에고는 한 사람이 온라인 세계에 남긴 모든 흔적을 수집하여, 자아를 복제하는 프로그램이었다. 오래전에 싸이월드에 썼던 일기, 트위터에서 누군가와 토론한 내용, 유튜브에 찍힌 자신의 모습까지…. 온라인에 남겼던 모든 내용을 인공지능 컴퓨터가 조합하여 만든 인간 복제 기술이었다.

팀장님은 도무지 이해할 수 없다며 뒤통수를 긁었다.

"하…, 이게 뭔 소리여…. 그러니까 최민석이 만든 프로그램이 최민석을 만들기라도 했단 말이여?"

이것을 어떻게 봐야 할지, 난감했다. 유명 해커, 뇌과학자 등을 불러서 자문을 구했다. 해커가 컴퓨터의 모든 로그 기록을 조회하고, 컴퓨터 프로그래머들이 슈퍼에고에 접속했다. 거짓말처럼 슈퍼에고 속에 최민석이 나타났다. 우리는 뇌과학 전문가와 함께 최민석을 취조했다. 최민석은 모든 것을 들킨 것처럼 순순히 자백했다.

"육체가 죽기 전, 나의 모든 데이터를 슈퍼에고에 넣어서 시험을 했죠. 여러분은 모르겠지만 슈퍼에고의 인공지능은 사람의 기질까지 파악합니다. 내가 죽지 않는다면, 장문교와 가족들을 살해했을 거라고 판단하더군요. 죽일 방법이 없었어요. 정말 죽이고 싶었는데…. 그들을 죽이지 못하면 스스로 목숨을 끊을 것이라는 데이터가 나왔어요. 하지만 이 사실을 육체를 가진 나에게는 말하지 않았어요. 육체가 죽어야 장문교와 그의 가족을 더욱 공포스럽게 죽일 수 있으니까…. 제가 죽고 나서도 장문교의 가족들은 아무렇지 않았어요. 지나가던 모기가 죽은 것처럼 웃어댔죠. 화가 났습니다. 그들을 죽이고 싶었어요. 다행히 장문교의 집은 사물인터넷으로 모든 것이 자동화였죠. 저는 장문교 일족을 죽이기 위해 사물인터넷 프로그램을 해킹하여 조종하기 시작했습니다. 모든 데이터를 제가 쥐고 있었기 때문에 어려운 일도 아니었어요. 처음에는 가스 폭발이나 불을 내서 죽일 예정이었지만 죄 없는 사람들까지 피해를 보게 할 수는 없었어요. 그래서 전화를 해 베란다로 유인한 뒤 창을 열어 떨어뜨렸죠. 참 쉽죠?"

머리가 아팠다. 최민석이 장문교와 장우람을 죽인 것인가, 인공지능 컴퓨터에 의해 만들어진 최민석이 죽인 것인가? 귀신이라도 본 것처럼 무서웠다. 팀장님은 이것을 상부에 어떻게 보고해야 할지, 몇 날 며칠을 고민했다.

어린 시절, 잘하는 것이 하나도 없었다. 공부는 머리가 나빠서 못했고, 좋아하던 그림과 음악은 권태가 와서 포기했다. 성실하지도 못했다. 남들 다 하는 개근은 나와 거리가 먼 이야기였다. 사는 게 피곤하다고 생각되는 날에는 땡땡이를 쳤다. 그렇다면 성격이라도 좋은가? 아니다. 매일 누군가를 탓하고 미워하며 살았다. 증오의 나날이었다. 자신이 부족하기 때문이란 걸 알면서도 책임을 남에게 돌렸다. 어쩌다 보니, 하고 싶은 것도 되고 싶은 것도 없는 인생을 살았다.

무슨 바람이 들었는지, 늦은 나이에 우연히 글쓰기를 시작했다. 이유는 없었다. 그저 뭐라도 만들고 싶었나 보다. 스물다섯, 처음으로 쓴 글이 공모전에 입상하며 인생을 바꾸어놓았다. 의도는 없었지만 의미를 찾았단 사실에 날아갈 듯 기뻤다. 그때부터 글을 쓰면서 돈을 벌겠다고 다짐했다. 그러나 인생은 쉽게 풀리지 않았다. 천부적인 소질이 아닌, 잔재주로 연명하는 처지라 크게 인정받지 못했다. 뛰어난 사람이 너무 많았다. 그럼에도 불구하고 되돌아갈 수 없었다. 재밌으니까.

고작 공모전 타이틀 몇 개로 전문 작가가 될 수는 없었다. 조금 멀지만 돌아가기로 마음먹었다. 회사에 다녔다. 게임 시나리오를 쓰면서 기획도 하고, 문화콘텐츠를 제작하기도 했다. 5년간 쉴 틈 없이 일했다. 그러나 어느 순간부터 숨이 탁 막혀왔다. 엄청난 업무량으로 건강에 무리가 온 것이다. 병원에서 검진을 받던 날, 회사를 위한 글이 아닌 스스로를 위한 글을 써야겠다고 다짐했다.

어린 시절, 외갓집은 충청남도 청양에 있었다. 할머니가 들려주시는 이야기가 재미있어, 외갓집에 가면 할머니 뒤만 졸졸 따라다녔다. 처녀 귀신, 물귀신, 도깨비, 저승사자 등 오컬트적인 이야기부터, 한 마을에서 일어난 연쇄 살인 사건까지…. 할머니는 손자에게 라디오 드라마였다. 그때의 추억을 되짚으며 글을 쓰기 시작했다. 더불어 대학에서 전공한 인문학 덕분에 사건과 사람의 관계에 대해서 끊임없이 생각할 수 있었다. 정식으로 글을 배운 적은 없지만 큰 무기가 되었다.

재미 삼아 가끔 글을 올리던 웹 커뮤니티 '짱공유, 무서운 글터'에서의 반응이 심상치 않았다. 추천 수도 높았고, 독자들의 댓글도 달리기 시작했다. '오늘의 유머, 공포게시판'에 글을 쓰게 되면서부터는 과분한 관심과 응원을 받았다. 오로지 재미있는 글을 쓰기 위해서 머릿속에 있는 모든 것을 짜내었다. 즐거웠다. 내가 그토록 바라던 것이었다. 독자와 함께 호흡할 수 있는 일이었다. 회사 임원을 납득시키기 위해 기획을 하고 글을 쓰는 일보다 독자를 위해 이야기를 만드는 일이 훨씬 가치 있었다.

그러나 좋은 글을 쓴다는 것은 실로 어려웠다. 문장부터 내용 구성까지, 신경 써야 할 부분이 많았다. 그런 이유로 슬럼프에 빠졌고 스스로의 부족함에 실망도 많이 했다. 조급한 마음에 억지로 이야기를 채우기도 했다. 부족한 면이 매우 넓었지만 메우기 위해 안간힘을 썼다.

기분이 이상했다. 내가 무언가를 이렇게 진지하게 대한 적이 있었던가? 독자의 응원과 격려는 나를 노트북 앞에 앉혔다. 몇 번의 권태와 실망에도 이야기를 써나갈 수 있었다. 어느 순간, 진짜 작가가 되었다. 독자들이 나를 진짜 작가로 만들어주었다. 더 이상 가난을 탓하고 현실을 부정했던 내가 아니었다. 글을 쓸 때 행복하다는 사실을 깨달았다.

내 글이 출판될 것이라 생각지 못했다. 가능하다면 쓴 것들을 전자책으로 출판해 공유하고 싶었다. 그러나 「여우 스님」을 쓰면서 인생이 바뀌었다. 김민섭 선생에게 연락이 온 것이다. 믿기지 않는 일이었다. 그렇게 몇 번의 만남과 회의 끝에 요다출판사와 계약을 했다. 책을 만들고 있는 지금도 믿기지 않는다. 이것은 내가 글을 잘 썼기 때문이 아니라, 내 글을 읽는 이들이 함께 호흡하고 생각을 공유해준 덕이다.

출간 소식을 사전에 알리지 못해 죄송한 마음뿐이다. 출판 계약을 하자마자, 누구보다 내 글을 좋아해준 독자들과 영광을 함께 누리고 싶었다. 그러나 책을 만드는 과정은 쉽지 않았고, 무엇을 어떻게 만들어야 할지 몰랐기에 의문이었다. 과연 책을 제대로 출판할 수 있을까? 매일이 의심의 연속이었다. 그래서 섣불리 알릴 수가 없었다. 이해하길 바란다.

이 소설집은 '현대 귀신 편'과 '옛날 귀신 편'으로 나뉘어 있다. 우리가 가지고 있던 불안, 걱정, 혐오 등을 시대별로 나열하고 있다. 전쟁 후 가족의 소중함, 시대적 양심, 독재의 부작용, 인간소외 현상, 가정폭력, 청년문제처럼 인간이 가지고 있는 공포를 귀신에게 투영시킨 이야기다. 선정된 대부분의 이야기는 '오늘의 유머'에서 긍정적인 평가를 받았다. 내가 뽑은 「끝나지 않는 지배」는 장기 연재로 독자에게 피로를 주어 인기는 없었지만 반드시 넣고 싶었으며, 출판용 미공개작 다섯 편도 추가했다.

독자들이 가장 많이 궁금해하는 부분은 이야기의 사실 여부다. 관련 질문을 받을 때면 '사실과 창작의 경계'라고 애매하게 답하곤 한다. 자세히 설명하자면 이야기마다 조금 다르다.

처음에는 단순하게 무서운 이야기를 쓰고 싶었다. 그래서 주변에서 일어난 이야기나 들었던 이야기를 소재로 많이 가져왔다. '옛날 귀신 편'에서 충청남도를 배경으로 하고 있는 이야기인 「귀신의 장난」, 「역촌」 등은 어린 시절, 외할머니께 들은 이야기에 약간의 살만 붙였다. 누군가의 경험담을 소재로 하기도 했다. '현대 귀신 편'의 「무조건 모르는 척하세요」는 고등학교 동창의 이야기고, 「숨바꼭질」은 초등학교 시절 동네 형의 이야기다. 「숨바꼭질」은 뉴스와 신문에도 난 끔찍한 사건이었다.

'옛날 귀신 편'에 실린 「여우 스님」은 이웃이 어릴 적에 겪은 일을 재구성했다. '여우를 닮은 스님을 보았다'는 말을 듣고 상상력을 보태 '여우 요괴' 이야기를 쓰게 된 것이다. 어느 날인가는, 뉴스를 보다 귀신이나 요괴가 사람에게 해를 끼치는 것이 현실 속 범죄 사건과 다를 바 없다는 생각을 했다. 그래서 보이스피싱, 사기, 납치 등의 소재를 반영하여 작품을 쓰게 됐다.

「손각시」는 어린 소년이 처음으로 마주하는 공포를 어떻게 해결할까, 하는 궁금증에서 시작됐다. 어쩌면, 우리 모두는 공포를 이겨내면서 어른이 되어가는 게 아닐까? 그래서 훗날 성인이 된 덕배는 자신이 살던 집 지붕에 있는 귀신과 눈이 마주쳐도 무서워하지 않는다. 공포와 성장에 대한 생각을 자주 하다 보니, 자연스레 관련 이야기를 많이 쓰게 되었다. '현대 귀신 편'에 실린 「두려움을 먹는 귀신」, 「믿을 수 없는 이야기」, 「수면유도제」 등은 어린 시절에 상처받았던 사람들의 인터뷰를 참조해서 썼다. 그러니까 이 소설집의 모든 이야기는 사실이기도 하고 허구이기도 하다.

배신자가 되기는 싫다. 독자들의 응원이 부담스러운 것이 아니라, 그것에 부응하지 못하는 자신이 무섭다. 태생이 게으른 놈이라 이래저래 핑계만 대고 노력하지 않는 자신을 보고 있자면, 한심하고 때론 가증스럽다. 잠깐의 영광이 평생인 줄 아는 아둔한 인간의 유형이기에 그런 사람이 될까 봐 너무 두렵다.

사는 것도 권태가 들어서 그만 살고 싶다는 생각을 종종 한다. 하고 싶은 이야기를 쓰다 귀찮아지거나, 예전처럼 모든 걸 놓고 향락에만 빠져 더 이상 이야기를 쓰지 않는다면, 재밌게 읽어주는 독자에게 누가 될 것 같다. 누를 끼치는 순간, 스스로 자멸할 것 같다.

다행히 아직은 글을 쓰는 일이 즐겁다. 앞으로도 독자와 호흡하며 수많은 이야기를 만들 것이다. 이 책은 문화류씨의 첫걸음이다. 한 걸음, 한 걸음 나아가는 데 온갖 시행착오가 도사리고 있겠지만, 문화류씨의 이야기를 기다리는 독자를 위해 진정한 작가로 거듭날 것이다.

마지막으로 온라인 커뮤니티 '오늘의 유머', '짱공유', '브릿G', '왓섭! 공포라디오'의 독자들과 출판의 기회를 주신

한기호 대표님, 인생의 은인 김민섭 선생님, 최고의 편집자 정안나 선생님, 문화류씨를 알려주신 왓섭님, 그리고 인생의 아버지 조용현 교수님께 감사의 인사를 전한다. "여러분께서 저를 진짜 작가로 만들어주셨습니다. 또 다른 이야기에서 뵙겠습니다."

기획의 말

    문화류씨는 내가 요다출판사에서 기획한 두 번째 작가다. 김동식이라는 작가 이후 다시 기획자로서 책의 출간에 관여할 수 있게 되어 기쁘다. 요다출판사의 대표는 언젠가 나에게 "김동식 같은 작가를 1년에 한 명씩만 찾아서 데려오면 참 좋겠습니다" 하고 말했다. 그게 말도 안 되게 어려운 일이라는 것은, 아마도 그가 더 잘 알고 있었을 것이다. 김동식 작가는 『회색 인간』이라는 소설집으로 2018년에 많은 관심을 받았다. 나는 그에게 "김동식 같은 작가는 김동식뿐입니다" 하고 답했다. 그러자 그는 "그래도 잘 찾아봐요" 하고 덧붙이고는, 별다른 부담을 더 주지는 않았다.

    나는 몇 개월 후에 두 명의 작가를 요다출판사의 대표에게 추천했다. 나는 그가 흔쾌히 받아들일 것으로 믿었다. 그러나 그는 나에게 "이 원고는 우리가 낼 수 없겠어요" 하고 말했다. 내가 보기에는 괜찮은 글이었고 사회적인 이슈와 반향도 이끌어낼 수 있을 것 같았기 때문에 실망스러웠다.

그래서 사적인 자리에서 굳이 그에게 "그런데 그 작가 원고는 왜 출간하지 않기로 하신 겁니까?" 하고 물었다. 그때 그는 나에게 "글을 읽는 동안 그에게서 인간에 대한 애정을 전혀 발견할 수가 없었습니다. 그런 작가는 잠시 이름을 알릴 수는 있지만 계속 글을 쓸 수 없어요. 인간에 대한 깊은 성찰과 애정이 없는 글을 출간하고 싶지는 않습니다" 하는 내용으로 답했다. 요다출판사의 대표는 한국출판마케팅연구소의 소장으로도 잘 알려져 있는 한기호 씨다. 그가 젊은 날에 창작과비평사의 영업부장을 맡으며 숱한 베스트셀러를 만들었다는 이야기는 익히 들었지만, 출판계에 대한 이해가 별로 없던 나에게 그는 그저 흔히 마주치는 동네 아저씨와 다르지 않았다. 그러나 그때만큼 그가 크게 보인 일이 없었다. 나는 그에게 "맞는 말입니다. 그런 작가를 찾아보겠습니다" 하고 답하고는, 그때부터 김동식과 다른, 그러나 인간에 대한 애정과 물음표를 남길 수 있는, 그와 닮은 작가를 찾기 위해 이런저런 플랫폼의 글들을 읽기 시작했다.

2019년 봄, 문화류씨가 모 플랫폼에 올린 「여우 스님」이라는 글을 읽고는, 그에게 이메일을 보냈다. 사실 나는 그의 글을 2018년 초부터 눈여겨보고 있었다. 그러다가 그때 그에게서 '인간에 대한 애정'이라는 것을 발견한 것이다. 스님으로 둔갑한 여우가 등장하지만, 그는 귀신이라든가 그에 따르면 '요망한 것'들에 대한 묘사보다는 그 이후 사람들이 어떻게 살아가야 하는가, 하는 데로 시선을 옮긴다. 나는 한때 일본의 '기담/괴담'이 좋아서 열심히 읽었다. 그러나 그 '모노가타리'들을 읽고 나면 대개는 허무함이 주로 남았다. 한을 품은 귀신이 인간에게 잔혹한 복수를 하고 나면 "그 가족들은 모두 죽었고, 그 폐가에는 그 후 아무도 살지 못했다" 하는 데로 귀결되는 것이었다. 일본의 기담이 모두 그런 것은 아니겠으나, 내가 읽은 작품들은 언제나 귀신이 승리하고 마는 귀신의 서사였다. 그래서 문화류씨에게서 인간의 서사를 발견하고 그에게 단행본 기획을 위한 이메일을 보낸 것이다.

문화류씨에게서는 아주 빠르게 긍정적인 답신이 왔다. 며칠 만에 원주의 모 카페에서 그와 만났다. 그는 1986년생, 서른네 살의 청년이었다. 공교롭게도 김동식 작가도 나와 처음 만났을 때 서른세 살의 앳된 나이였다. 앳되다고 하기에는 다소 어정쩡한 나이이기도 하지만, 그 표정과 태도만큼은 두 사람 모두 무척이나 앳되었다고 나는 기억하고 있다. 내가 감사를 전하자 그는 "김동식 작가님이 잘 되는 것을 지켜봤습니다. 그래서 언젠가 김민섭 작가님이 저에게도 메일을 주면 좋겠다고 생각하면서 계속 글을 썼는데, 1년 만에 이메일이 온 거예요. 아직도 잘 믿기지가 않습니다" 하고, 조곤조곤한 목소리로 답했다. 김동식 작가의 사례는 무척 예외적인 것으로 받아들여지고 있지만, 그를 희망의 증거로 삼아 계속 글을 써나간 젊은 작가가 있었던 것이다. 그의 잘됨이 자신의 잘됨이 될 수 있음을 감각한 그가, 내 앞에 앉아 있었다. 그것이 그와 그의 글을 기획하기로 한 나를 무척 고양시켰다. 그가 두꺼운 점퍼를 입고 있어서 "혹시 좀 덥지 않으세요?" 하고 물었더니 "사실 메일을 받고 며칠 동안 추운지 더운지도 잘 몰랐습니다. 아직도 좀 그런 상태입니다" 하는 답이 돌아왔다. 그도 그만큼 고양되어 있는 상태였다. 이런저런 말들을 나누면서 문화류씨라는 개인에 대한 애정이 더욱 생기기 시작했고, 그가 자신의 글과 많이 닮은 사람이라는 확신도 가지게 되었다.

그에 더해, 그가 글을 쓰는 방식은 무척 새로운 것이었다. 그는 누워서 핸드폰의 메모장에 글을 쓴다고 했다. 물론 컴퓨터의 자판을 이용하기도 하지만, 핸드폰의 자판이 편하다는 것이었다. 나는 그의 말이 잘 이해가 가지 않았다. 문자라든가 '카카오톡'이라든가 하는 메신저를 이용할 때야 부득이하게 핸드폰을 사용한다지만, 나는 노트북이 없으면 글을 쓰지 못한다. 우선은 여러 차례 자판을 눌러야 한다는 것도 불편하다. 그러나 문화류씨는 그러한 불편을 별로 느끼지 못한다고 답했다.

전자책이 처음 등장했을 때 '모니터로 어떻게 책을 읽나' 하는 거부감과 불편함을 모두가 가졌지만, 이제는 대부분이 어떤 방식으로든 그것을 수용하고 있는 듯하다. '킨들'과 같은 전용기기가 보편화되었고 무엇보다도 핸드폰으로 글자의 크기까지 조정해가면서 책을 읽는다. 그에 따라 이전의 19인치 이상의 대형모니터가 아닌 손 안에 들어올 만한 6인치 내외의 화면에 어울리는 글쓰기 방식이 자리 잡기에 이르렀다. 모바일을 기반으로 노출되는 플랫폼의 경우에는 그 담당자들이 노골적으로 "단락은 문장 두세 개마다 꼭 구분해주시고요, 이미지도 화면마다 하나씩은 삽입되게 해주세요" 하고 요구하기도 한다. 읽는 방식의 변화가 쓰는 방식의 변화를 추동하고 있는 셈이다. 그러나 작가들은 '큰 화면(컴퓨터)'에서 글을 쓰고는 그것을 다시 '작은 화면(모바일)'에 맞게 구현하기 위해 애쓴다. 이것은 마치 자신의 글을 플랫폼에 맞추어 번역하는 일과도 같다. 나도 글을 쓸 때마다 단락과 맥락을 함께 덜어내는 데 많은 시간을 할애한다.

문화류씨의 세대는 어쩌면 핸드폰으로 글을 읽는 데서 나아가 글을 쓰는 세대로 진화하고 있는지도 모르겠다. 그가 몇몇 플랫폼에서 독자들에게 좋은 반응을 이끌어낼 수 있었던 것은 아무래도 '쓰는 방식'에서도 왔다. 그는 동시번역을 하는 것처럼, 쓰는 동시에 독자들의 언어로 자신의 세계를 구현해냈다. 그가 누워서 핸드폰으로 글을 썼다고 고백한 것처럼, 사실 나도 누워서 핸드폰으로 그의 글을 읽었다. 앞으로 우리는 문화류씨와 같은 젊은 작가들과 많이 대면하게 될지도 모르겠다. 말하자면, 정말이지 '손가락 작가' 같은 이들이 탄생을 준비하고 있는 것이다. 나는 그들의 글이 언제 어떻게 우리에게 다가오게 될지 잘 짐작이 되지 않는다.

만남을 마치고 곧바로 요다출판사에 전화를 해서, "단행본 계약을 준비해주세요. 작가를 찾았습니다" 하고 말씀드렸다.

『저승에서 돌아온 남자』와 『무조건 모르는 척하세요』, 문화류씨가 세상에 내어 보이는 이 두 소설집은 '한국형 공포 괴담집'이라고 할 수 있다. '요망한 것', '도깨비', '저승사자', '그슨대', '장산범' 등, 우리에게 친숙한 한국의 귀신들이 등장한다. 그러나 표면적으로는 귀신에 대한 서사이지만 결국에는 인간에 대한 서사로 귀결된다. 문화류씨는 "환영(귀신)에 대한 실체를 말하고픈 것이 아니라 그것을 본 인간에 대한 이야기를 독자와 공유하고 싶다"고 말한다. 그에 따르면 인간이 가진 공포심은 한 시대 안에서 개개인이 어느 부정적 경험을 통해 가지게 된 죄의식, 혐오, 갈등, 불안 등에서 온다. 그는 한국의 근현대사를 통해 개인이 가진 공포심의 근원을 추적해보고 싶다고 했다.

그래서 이 책은 일제강점기, 한국전쟁, 산업화 시대, 그리고 현대에 이르기까지의 배경과 거기에서 살아가고 있는 사람들의 이야기를 다루고 있다. 식민지 시대를 거쳐와야 했던 할아버지/할머니의 이야기와, 한국전쟁 이후 산업화 시대를 살아낸 아버지/어머니의 이야기와, 고시원에서 취업을 위한 자기소개서를 쓰고 있는 청년의 이야기가 순차적으로 등장한다. 인간은 도깨비에게 손자를 살려달라고 빌기도 하고, 귀신에게서 자신의 모습을 보고 눈물 흘리기도 하고, 죽은 사람의 목소리에 정신없이 도망치기도 한다. 그의 이야기에 귀를 기울이고 있다 보면 우리가 잊고 지내던 인간의 여러 온도를 새삼 느낄 수 있다. 울거나 분노하게 되고, 무엇보다 오싹해지기도 한다.

그러고 보면 1990년대, 내가 국민학생(초등학생)이던 시절에는 서점에 가면 매대마다 『오싹오싹 공포체험』과 같은 괴담집이 놓여 있었다. 누군가 학교에 그 책을 가져오면 그것을 빌리기 위한 순번이 정해지기도 했다. 친구 집에 놀러 가면 불을 끄고 모여 앉아서 서로가 아는 무서운 이야기를 실감 나게 하다가 그것이 절정에 이르면 서로 소리를 지르며 도망치기도 했다. TV에서도 〈토요 미스테리 극장〉이라든가 〈전설의 고향〉과 같은 시대를 아우르는 괴담들이 인기를 끌었다. 특히 모두의 할아버지와 할머니는 옛날이야기를 해주는 사람이었다. 지금은 그림책을 펴고 거기에 펜을 가져다 대면 기계가 대신 읽어주기도 하지만, 불과 20여 년 전만 해도 서로가 저마다의 전기수(소설 읽어주는 사람) 같은 역할을 했다. 그 많던 이야기들은 모두 어디에 갔을까? 한동안 내가 이야기 듣기를 좋아하는 사람이라는 사실을 잊고 살았다. 그러나 문화류씨의 글을 읽으면서 나는 다시 그때의 나와 만났고, 그러한 이야기의 시대를 거쳐온 내가 다시 그것을 원하고 있음을 알았다. 어쩌면 누군가가 "옛날 옛적에…" 하고 말해주기를, 그러나 그것이 그 시절의 이야기로 머무르는 것이 아니라, 현대를 살아가는 나의 삶을 재해석해주기를 바라고 있었는지도 모르겠다.

문화류씨가 그려내는 그 요망한 존재들은 우리와 함께 살아가는 존재다. 그 시대 사람들이 가진 가장 큰 불안과 공포, 그리고 욕망의 모습 그대로, 귀신은 각각 다른 페르소나를 쓰고서는 다른 모습으로 등장한다. 1990년대의 나에게는 달걀귀신과 홍콩할매귀신이, 화장실을 배회하는 다리 하나뿐인 귀신과 예뻐지고 싶은 빨간마스크를 쓴 귀신이 필요했나 보다. 그것은 기성세대의 걱정을 적당히 품고서도 한 시대의 서사로 자리 잡았다. 지나고 보니 모두 내가 가졌던, 내가 가지게 될 욕망들이었다. 귀신이라는 존재는 그 시대를 살아가는 우리 자신의 모습임을, 작가는 우리에게 조곤조곤 들려준다.

2019년에 이르러, 지금 우리에게도 여전히 괴이한 이야기와 기이한 이야기가 필요하다. 이전과는 다른 페르소나를 쓰고 나타날 이 시대의 귀신들이, 자신들을 읽어주기를 계속 기다리고 있는 것이다. 무엇보다도 그들은 욕망과 공포심에 사로잡힌 평범한 개인의 모습이기도 하다. 두 권의 괴담집으로 세상에 나온 문화류씨는 인간에 대한 애정을 눌러 담은 그 글로 당신에게 다음과 같이 묻는다.

"당신은 어떠한 모습을 하고 있습니까?"

문화류씨 공포 괴담집 현대 귀신 편

무조건 모르는 척하세요

2019년 5월 25일 1판 1쇄 인쇄
2019년 6월 5일 1판 1쇄 발행

지은이　　문화류씨
펴낸이　　한기호
책임편집　김민섭, 정안나
편집　　　오효영, 도은숙, 유태선, 염경원, 김미향, 박소진
경영지원　국순근
펴낸곳　　요다
　　　　　　출판등록 2017년 9월 5일 제2017-000238호
　　　　　　주소 04029 서울시 마포구 동교로 12안길 14 A동 2층(서교동, 삼성빌딩)
　　　　　　전화 02-336-5675 팩스 02-337-5347
　　　　　　이메일 kpm@kpm21.co.kr
　　　　　　홈페이지 www.kpm21.co.kr

ISBN 979-11-89099-24-4　04810
　　　　979-11-89099-22-0　04810(세트)

· 이 도서의 국립중앙도서관 출판예정도서목록(CIP)은 서지정보유통지원시스템 홈
페이지(http://seoji.nl.go.kr)와 국가자료종합목록시스템(http://www.nl.go.kr/
kolisnet)에서 이용하실 수 있습니다. (CIP제어번호 : CIP2019019614)
· 요다는 한국출판마케팅연구소의 임프린트입니다.
· 책값은 뒤표지에 있습니다.